tredition®

www.tredition.de

AF177012

Lutz LEOPOLD

Jürgens Mordfälle 4

Tod in der Mülltonne
Tod an der Modellanlage

www.tredition.de

© 2020 Lutz LEOPOLD

Verlag und Druck: tredition GmbH, Halenreie 40-44, 22359 Hamburg

ISBN
Paperback: 978-3-7469-1965-2
Hardcover: 978-3-7469-1966-9
e-Book: 978-3-7469-1967-6

Tod in der Mülltonne

Tod in der Mülltonne

Hans und Franz sind ein Team. Seit 20 Jahren arbeiten sie gemeinsam bei der Wiener Müllabfuhr. Nichts kann sie privat oder am Arbeitsplatz voneinander trennen. Sie haben jeder ihre Wohnung im gleichen Gemeindebau. Zur gleichen Zeit haben sie zwei Freundinnen geheiratet. Hans hat als Erster einen Sohn bekommen. Zwei Jahre später hat Franz mit seiner Frau ein Mädchen nachgeliefert. „Dein Junge soll nicht so alleine sein." Nun sind die Kinder fast erwachsen und es scheint, sie werden tatsächlich ein Paar.

„Große Lichter sind sie nicht, aber unglaublich verlässlich", ist der Kommentar des Einsatzleiters. Die Chefs sind gekommen und gegangen. Jeder hat sich früher oder später mit den Eigenheiten der beiden Müllmänner abgefunden.
Ursprünglich sind sie hinten auf dem Brett gestanden, um die Tonnen von der Straße hochzuheben. Später, als sie einzeln neben dem Fahrzeug hergehen sollten, weigerten sie sich. „Wir machen es nur zu zweit, sonst lassen wir's halt."
Auch den Führerschein, für den schweren Müllwagen, haben sie verweigert. „Da werden wir ja getrennt. Zwei Fahrer in einem Wagen, das gibt's nicht."
Nun richten sie die großen Sammeltonnen für den Müllwagen her. Heraus aus dem engen Hof auf die Gehsteigkante, so das der Fahrer nur auf den Knopf drücken braucht, um die Mulde mit dem Kran hochzuheben und zu kippen.

„Kaum einer der Kollegen stellt die Tonnen so exakt wie die Zwei am Gehsteig ab. Da geht es doppelt so schnell", jeder Fahrer ist froh, wenn Hans und Franz für ihn arbeiten.

Einer der Fahrer wagte es vor Jahren sie von oben herab zu behandeln. Er schaffte seine Termine nicht mehr. Schließlich musste er in einen anderen Rayon versetzt werden. Die haben die anderen Fahrer begriffen. Der „depperte" Müllmann kann ihm helfen, oder querulieren. So traut sich seither keiner der Kollegen und auch nicht die Vorgesetzten, Hans oder Franz Vorschriften zu machen.

1 Montag

Im März kehrt oft der Winter zurück. Dieser Tag ist so ein später Wintertag. Pfeifend vor Zufriedenheit, trotz des eisigen Windes der besonders streng durch die Einfahrten zieht, rollen Hans und Franz die Container mit den Blechdosen nach vor. Warm angezogen mit den wärmenden Ohrenschützern und der Wollmütze unter der Amtskappe kann ihnen das Wetter nichts anhaben. Um sieben Uhr haben sie am Lichtenwerderplatz begonnen. Nach einer knappen Stunde, sind sie schon beim Karl Marx Hof.

Franz greift nach dem Griff um die schwere Sammeltonne wegzuziehen. Hans öffnet den großen Deckel, schiebt ihn nach hinten und schaut hinein. „Da ist einer drin", murmelt er.
Franz schaut seinen Partner erstaunt an. „Seit wann schaust du nach was sich in der Tonne befindet?"
„Ich weiß nicht. Mir war danach."
Einige Minuten schauen sie sich gegenseitig an. Schließlich meint Hans: Iich glaube, wir sollten die Polizei rufen. Der Kerl da drin ist Tod."
Franz, der den Griff noch immer in der Hand hat, lässt ihn los um sein Handy herauszunehmen. „Sollte ich nicht zuerst unsre Zentrale verständigen?"
Eine kurze Nachdenkpause, dann, „ruf zuerst die Polizei an und sag es danach dem Einsatzleiter."
Franz folgt und wählt den Polizeiruf. „Wir haben eine Leiche in unserer Mülltonne."
„Wer sind Sie? Von wo rufen Sie an?", die üblichen Fragen.
„Wir haben ihn nicht umgebracht. Er ist hier im Karl Marx Hof in der Mülltonne."
„Bleiben Sie dort, ich schicke eine Streife."
„Das geht nicht, wir müssen die anderen Tonnen rausstellen."
Franz beendet das Gespräch, um seinen Chef zu verständigen.
„Wir haben an der Sammelstelle vierunddreißig eine Leiche vorgefunden. Die Polizei ist verständigt. Wir machen mit den anderen Mülltonnen weiter."

„Ist gut", kommt die prompte Antwort. Erst als das Gespräch unterbrochen wird, kommt es dem Einsatzleiter. Was haben die gefunden? Das gibt doch Probleme!

Er verständigt einen der Kontrolleure. „Schau zu Franz beim Karl Marx Hof, da stimmt was nicht."

„Bei dem stimmt immer alles. Was regst dich denn auf?" der Kontrolleur kann nicht glauben, dass den zwei alten Hasen ein Fehler unterläuft.

„Nein, die Kerle sind schon in Ordnung. Sie haben nur eine Leiche. Frag mich nicht was wirklich los ist, fahr einfach hin."

Die Polizeistreife von der Polizeiinspektion Bolzmanngasse, findet den Container, natürlich keinen Müllmann. „Ein Scherzbold. Das wird ihm teuer zu stehen kommen", faucht aufgebracht Polizist Tauber. Er wurde am Sonntag bereits zwei Mal umsonst angefordert.

„Ich schau rein", meint sein Kollege Huber. „He, da drin liegt wirklich ein Nackter."

„Tod?"

„Ich vermute, denn zum Schlafen liegt der Kerl jedenfalls nicht zwischen den Blechdosen."

„Das melde ich weiter."

Abteilungsinspektor Viktor Meller übernimmt. Er kommt noch vor der Spurensicherung an. Mit zwei Mann sichert er die Mülltonne. „Ich hoffe, sie steht noch dort, wo sie ursprünglich war. Wer hat den Toten entdeckt?"

Kein Echo. Nur eine schaulustige Gruppe hat sich bereits eingefunden und steht behindernd herum.

Als die Spurensicherung mit dem Arzt eintrifft, stellt Doktor Müller fest: „Das ist eindeutig Mord. Der Mann wurde brutal zusammengeschlagen und danach wurde ihm auch die Kehle durchschnitten. Bereits tot wurde er in die Tonne geworfen, deshalb kein Blut auf den Dosen."

Meller nickt und ruft im Landeskriminalamt an. „Ein Mord schickt ihr wen?"

Meller wird an Inspektor Gerlinde Frauling weitergeleitet, der er erneut die Frage stellt.
„Ja, wir sind schon unterwegs. Lasst alles so, wie es ist."

Major Jürgen Pospschil ist bei Oberst Claudius Brenner, um über die vergangene Woche seinen Bericht abzulegen. Der Oberst hat alle Abteilungsleiter im Konferenzraum zusammen gerufen, um alle offenen Fälle abzustimmen und zwischen den Abteilungen zu koordinieren.
Oberleutnant Maximilian nimmt mit Gruppeninspektor Karlheinz Wimmer einen Junkie fest. Der Kerl lief im Drogenrausch Amok. Drei von seinen Kumpel hatte er schwer verletzt und einen Penner machte er mit einem Messerstich in die Brust kalt.
Gerlinde ruft Oberst Brenner an, „Jürgen wird gebraucht. Ein Mord im Karl Marx Hof."
Verärgert gibt es Claudius weiter. „Nie können wir gemeinsam unsere Probleme besprechen. Immer muss einer weg. Jürgen, du bist dran."
Jürgen versteht. Er steht auf, nickt seinen Kollegen einen Gruß zu und eilt in sein Büro zu Gerlinde.
„Was gibt es?"
„Ein Nackter wurde tot in einer Mülltonne gefunden."
„Auf, fahren wir hin."

„Endlich das ihr da seid", werden sie begrüßt. „Schaut es euch an, danach möchte ich die Leiche und die Mülltonne gesondert abtransportieren lassen." Doktor Uwe Müller packte bereits seine Tasche und eilt nun davon.
Jürgen und Gerlinde schauen kurz in die Mülltonne hinein.
„Da haben, wie es ausschaut, einige ihre Dosen auf die Leiche drauf geworfen", stellt Jürgen fest.
„Schwer zu sagen. Müller hat die Leiche sicher bewegt, als er sie untersuchte."

Meller macht sich bemerkbar. „Einer der Müllmänner hat die Leiche entdeckt. Er ist die Heiligenstädterstraße weiter rauf und jetzt schon in Nußdorf."

„Hat ihm keiner gesagt, dass er warten soll?"

„Schon, er wartete aber nicht. Sein Chef einer der Kontrolleure ist hier."

„Und was weiß der?" Jürgen spürt wie es ihm hochkommt. Was soll er den Kontrolleur fragen? Genauso gut kann er die Klofrau am Naschmarkt verhören.

Gerlinde löst das Problem. „Fahren Sie mit mir die Straße entlang und zeigen Sie mir den Müllmann", fordert sie vom Kontrolleur.

„Bring ihn her", faucht Jürgen, besinnt sich aber, „nein frag dort was er weiß. Den Täter hat er ja sicher nicht gesehen."

Gerlinde fährt hinter dem Müllabfuhrkontrolleur her, bis sie die zwei Männer treffen. Franz und Hans stehen natürlich wie siamesische Zwillinge nebeneinander, um Gerlindes Fragen zu beantworten.

„Wer hat den Mann gefunden?"

„Hans", „Ich", gleichzeitig kommt die Antwort.

„Woran haben Sie bemerkt, dass sich in dem Container etwas Ungewöhnliches befindet?" Gerlinde kann es nicht glauben, dass die Männer in jede Tonne hinein schauen.

„Das weiß er nicht. Ich habe ihn auch schon gefragt", stößt Franz hervor. Ihn ärgert die Neugierde seines Freundes. Das macht jetzt nur jede Menge Ärger, ist seine Meinung.

Gerlinde schaut möglichst freundlich, Hans ins ausdruckslose Gesicht.

„Mir war danach. Ich habe reinschauen müssen", murmelt Hans.

Gerlinde weiß nicht was sie noch fragen soll. „Danke, dass Sie es gemeldet haben. Wenn Ihnen etwas einfällt, rufen Sie mich an."

„Was soll uns einfallen?", Franz versteht es nicht. Es ist sonst alles wie immer. Als Gerlinde weg ist, meint er deshalb zu

Hans: „Schau ja nicht wieder in einen Container rein. Du siehst was draus wird.“

„Das mach ich nicht wieder. Interessant ist es aber schon“, meint Hans etwas stolz. Er war es, der den Toten gesehen hat. Franz ist nur neidisch, denkt er sich.

Zurück im Landeskriminalamt treffen Gerlinde und Jürgen auf Max und Karlheinz. Sie haben ihren wild gewordenen Junkie abgeliefert. Karlheinz schreibt beider Bericht. „Eine einfache Sache. Den brauchen wir nicht einmal mehr verhören“, ist sein Kommentar.

„Schön, dann schaut euch den Bericht und die Leichenfotos von unserem Fall an.“

Gerlinde geht die Vermissenmeldungen durch. Das Bild des Toten stellt sie ins Netz. „Splitternackt, keine Tätowierungen oder Narben. Bin neugierig, ob uns sein Gebiss weiter bringt.“

„Der Kerl war noch keine dreißig“, erklärt Jürgen.

„Ich schau rüber zu Müller, der weiß vielleicht schon mehr über den Typ“, Karlheinz beendet seine Schreibarbeit und macht sich auf den Weg.

Max steht auch auf. „Ich mache heute früher Schluss. Irene will fürs Wohnzimmer die Polstermöbel aussuchen.“

„Seid ihr noch immer nicht fertig mit der Einrichtung?“, staunt Gerlinde. „Ihr seid doch schon im Jänner eingezogen.“

„Sicher, wir wollen alles ordentlich machen und uns nicht mit irgendwelchen Schnäppchen vollstopfen.“

„Tja, wenn man Geld hat“, Gerlinde zieht die Augenbrauen hoch.

„Gerlinde wir haben einen guten Bankier“, lacht sie Max aus und verschwindet.

„Der haut einfach ab. Du sagst nichts?“, mault Gerlinde zu Jürgen.

„Solange wir nichts Greifbares haben, brauche ich ihn auch nicht“, grinst Jürgen sie an.

Knapp vor fünf Uhr, bringt Karlheinz den Bericht des Gerichtsmediziners.

Ein junger, ca. 22-24 Jahre alter, sportlich trainierter Mann. Blonde Haare, am ganzen Körper rasiert, manikürten Nägel, hellgraue Augen. Dürfte öfter Analsex gehabt haben. Genau kann es Müller noch nicht bestätigen.

„Analsex?" Jürgen schaut Karlheinz an. „Nimm Fotos mit und mach dich gleich morgen Früh auf um die üblichen Zeugen zu befragen. Vielleicht kennt ihn einer aus der Szene?"

„Du schaust mich an als ob ich schuld bin, dass im Schnitt alle zwei Monate ein Homosexueller ermordet wird."

„Ich werde die Statistik studieren, ob es vor deiner Zeit auch so viele waren", schmunzelt Jürgen.

„Jedenfalls ein schöner Kerl. Für manche Männer und auch viele Frauen ein Traum", murmelt Karlheinz.

Diesmal hat Marcus das Essen gerichtet. Montags macht er öfter bereits um 15 Uhr Schuss. Liebevoll, mehr verspielt hat er eine Spargelcremesuppe gezaubert. Sonst traut er sich nicht Obst oder Gemüse aus der Dose zu verwenden, doch hat er einen Gusto auf Spargel und meint deshalb: Ich pfeife auf März. Danach will er ein zartes Knoblauch-Hähnchen mit Kartoffeln servieren und den Abend mit einer Joghurt-Terrine abschließen. Um die Getränke soll sich diesmal Karlheinz kümmern. Für 18 Uhr wurden Justus und sein Freund Ludwig eingeladen.

„Diesmal förmlich und elegant. Nicht so salopp, wie ihr es immer macht", hat Marcus angeordnet.

Dementsprechend ist er auch dabei sich anzuziehen, als Karlheinz eine viertel Stunde vor 18 Uhr herein hastet. „Bin ich rechtzeitig?"

„Ja, es reicht zum Duschen und ziehe dir was Ordentliches an."

14

Die Gäste erscheinen 10 Minuten nach der Zeit. „Justus hat etwas länger für sein Makeup gebraucht", entschuldigt sie Ludwig.

„Du konntest dich nicht entscheiden. Einmal im Jahr trägt Ludwig eine Krawatte und macht dabei ein Aufheben."

Die vier Freunde setzen sich um das Menü zu genießen. Karlheinz hat den passenden Wein gebracht. „Haltet euch mehr ans Mineralwasser", empfiehlt er.

Nach dem Nachtisch wechseln sie vom Esszimmer in den Salon mit den Bücherwänden. „Ich habe ein Foto von einem feschen Burschen. Kennt ihr ihn?"

„Na klar, Karlheinz sucht schon wieder einen Mörder", nörgelt Ludwig.

„Sei froh darüber. Wie wären wir sonst zu dem fantastischen Essen gekommen", witzelt Justus.

„Ich schwöre. Ich habe es nicht gewusst", entschuldigt sich Marcus.

„Es ist eine ganz frische Leiche. Schaut bitte kurz drauf und gebt mir Bescheid", bettelt Karlheinz.

Alle drei schütteln den Kopf. Sie bestätigen nur, dass der Mann verteufelt gut aussieht.

„Lasst uns über unsere Freunde herziehen", Marcus wechselt das Thema.

„Ja, stell dir vor, Gustav trennte sich von seinem Otto", quietscht Justus auf.

„Ja wirklich, bei denen hatte schon zu Weihnachten gekriselt", bestätigt Ludwig.

„Dann seid froh, dass ihr nicht in dem Wellness mit eurem Buffet eingestiegen seid." Karlheinz erinnert an die Ausbaupläne Gustavs.

„Was hat er eigentlich mit den zwei Millionen gemacht?", will dafür neugierig Marcus, der Bankdirektor wissen. Bei ihm läuft der Kredit.

„Lieferst du noch?", eine Frage die, Karlheinz auf der Zunge brennt. Vor einem halben Jahr hatte er den Verdacht, dass minderjährige Buben im Wellnessklub missbraucht werden.

„Ja, jetzt darf ich auch im Obergeschoss arbeiten. Ludwig betreibt im Foyer den Stand. Ich serviere in den Separees."

„Und? Stricher?", Karlheinz rutscht unruhig auf dem Stuhl herum.

„Nein, euer Verdacht war unbegründet. Es geht nicht um die Burschen, sondern die reifen Männer wollen anonym bleiben. Es ist oberste Etage", grinst schelmisch Justus.

„Ach, wer?"

„Du spinnst. Das werde ich niemanden, dir schon gar nicht erzählen. Was müsst ihr uns immer verfolgen?", nun ist Justus ungehalten.

„Verzeih. Ich verstehe ja dass die Männer anonym bleiben wollen. Glaubst du, Gustav empfängt mich?"

„Willst du deinen zarten Luxuskörper verkaufen?", kichert Ludwig.

„Nein, ihn fragen, ob er den Toten schon gesehen hat. Er ist auch als Leiche noch wunderschön."

„Klar, wir können wieder einmal hinfahren. Gustav ist ein guter Kunde bei mir in der Bank. Schmutzig war immer nur Otto. Ich verstehe, dass sich Gustav von ihm trennte."

Justus stellt es richtig. „Du irrst. Otto ist mit einem Jüngling auf und davon. Gustav schmollt und weint in seinem Büro."

Sie finden noch andere Freunde, über die sie noch schlimmer herziehen, bis sie sich spät in der Nacht trennen.

Jürgen hat wie oft am Abend das Bedürfnis mit seiner Lisa über den neuen Fall zu reden.

„Stell dir vor, in einer Blechdosen-Sammelstelle haben wir eine Leiche im Container gefunden."

„Ist das eine dieser großen Mülltonnen mit diesen schweren Schiebedeckeln. Ich hasse die. Für ein paar Dosen muss man den ganzen Deckel aufschieben und dann noch in Brusthöhe das Zeug reinstemmen."

Jürgen lacht, „so habe ich das noch nicht gesehen."

„Sicherlich. Du tust auch nie den Müll entsorgen", gibt Lisa empört von sich.

Nach einer kurzen Sprechpause: „Selbst wenn es ein zartes Mädchen war, braucht es zwei kräftige Männer um die Leiche reinzuwerfen."

„Du hast recht Lisa. Es war ein achtzig Kilo schwerer Mann, übrigens nackt."

„Zuhältermilieu? Weiß Max, wer es ist?"

„Nein, Karlheinz wird morgen in einem anderen Milieu nachforschen. Ein gepflegter schöner junger Mann, der zumindest nicht manuell gearbeitet hat."

„Schon wieder? Hattet ihr nicht erst vor drei Monaten ein schwules Opfer?"

„Ja, es nimmt scheinbar zu", lacht Jürgen, „Ich habe schon Karlheinz gefragt, ob er die Mörder anzieht."

„Wenn ihr nicht wisst wer er war wieso glaubst du?"

„Der Arzt hat Spuren gefunden", unterbricht Jürgen seine Frau.

„Gerlinde hat doch sicher die polizeiliche Vermisstenliste abgefragt."

„Natürlich, sie hat nichts gefunden. Der Tote wird noch nicht vermisst."

„Schön, erzähle mir weiter, wenn du mehr weißt", beendet Lisa das Thema.

Später setzt sie mit einem anderen Anliegen fort. „Max′ Frau Irene sagte mir, dass sie mit Direktor Klein sehr zufrieden ist. Nicht nur der Kredit, den sie haben, sondern auch über das andere Geld berät er sie. Steuertipps gibt er ihr genauso."

„Klein? Ach du meinst Marcus, den Freund von Karlheinz. Ja, er hat mich schon einmal unterschwellig gebeten, mit meinem Girokonto zu Kleins Bank zu wechseln."

„Und, was spricht dagegen? Wir haben dann unsere Konten und das Geld bei Freunden."

„Hm, ich werde mit Max reden, wie er die Sache sieht."

„Traust du Karlheinz nicht?"

„Es ist, na ja, irgendwie beklemmend. Dieser Klein redet mit Karlheinz sicher genauso wie wir über intime Informationen im Bett und bei Tisch. Willst du, dass einer meiner Mitarbeiter über unsere Finanzverhältnisse Bescheid weiß?"

„Warum nicht? Irene hat auch Tante Elfriede schon überzeugt. In der Bank ist ein Steuerberater auch für die Bankkunden tätig."

„Du bist hartnäckig. Ich werde meine Unterlagen zusammen suchen. Das musst du auch tun, denn es wird einiges geändert."

„Das macht alles die Bank. Du brauchst nur die alte Bankverbindung bekannt geben und unterschreiben. Glaub mir, es ist für uns kein Nachteil."

„Gut, machen wir es." Jürgen gibt nach, obwohl er wegen Karlheinz bedenken hat.

2 Dienstag

Jürgen erhält einen Anruf von Doktor Müller. „Ich muss dir etwas nachliefern. Die Forensik, vor allem die Isotopen-Analyse hat uns die Herkunft des Toten verraten. Das Opfer ist voraussichtlich in Kanada aufgewachsen."

„Ein Tourist?" Jürgen fragt sich, wieso der Kerl niemanden abgeht? „Gerlinde schau bitte nach, ob jemand in einem Hotel, oder bei einer Reisegesellschaft abgeht?"

„Mache ich. Max ist, wegen eines misshandelten Kindes, im Wilhelminenspital."

„Karlheinz habe ich auch noch nicht gesehen."

„Dem gabst du den Auftrag, sich in der Szene umzuhören."

„Richtig. Da fällt mir ein, in einer Sauna in der Innenstadt ist doch vor Jahren ein junger Kanadier verschwunden. Könnte das unsere Leiche sein?"

„Ich lass mir den Akt liefern. Finde es aber unwahrscheinlich, denn der Fall ist fast fünf Jahre her."

Jürgen hat schlecht geschlafen. Dementsprechend ist er auch schlecht gelaunt. Unbekannte Opfer findet er immer besonders nervenaufreibend. „Mach bitte das Fenster auf. Die Luft ist reichlich abgestanden."

„Erst wenn ich fertig bin. Es hat zwölf Grad draußen", murrt Gerlinde.

Karlheinz hat einen ähnlichen Verdacht wie Jürgen. Er sucht diese bekannte Sauna nahe der Kärntnerstraße auf. Um 10 Uhr am Vormittag sind alle Öffnungen ins Freie weit offen. Dunst und Schweißgeruch liegt in den Räumen.

„Brr, etwas kühl für eine Sauna", brummt er den die Fliesen schruppenden Mann an.

„Was wollen Sie den? Wir machen erst nach Mittag um zwei Uhr auf."

„Ich suche einen Mann."

„Das tun alle die herkommen. Komm um zwei Uhr wieder, da findest du deinen Kerl."

„Kriminalpolizei. Ich suche einen bestimmten Mann."

Karlheinz zieht sein Foto raus, um es dem Mann zu zeigen. „Kennen Sie ihn? War er einmal hier?"

„Ein fescher Bursche. Den Kerl würde ich auch suchen. Dein Freund? Den Schmäh mit der Polizei kannst du dir bei mir sparen."

Karlheinz zückt seine Dienstmarke. „Der fesche Bursche ist tot, ermordet. Ich will wissen ob er hier war. Sind noch andere vom Personal hier?"

„Hm, ich habe ihn nicht gesehen. Gehen Sie bitte ins Büro. Die Stiege rauf und den Gang nach hinten, an den Kabinen vorbei." Der Badewart wird höflicher, nachdem er feststellte: Karlheinz ist wirklich von der Polizei.

Karlheinz findet einen zweiten, reiferen Mann, der die Kabinen auswischt. „Bezirksinspektor Wimmer, Kriminalpolizei", stellt er sich gleich vor, um einem weiteren Missverständnis aus dem Weg zu gehen. „Ich will wissen, wann Sie diesen Mann zuletzt hier gesehen haben?"

„Den? Sicher nicht. Wenn der hier war, würde ich mich an ihn erinnern. Was ist mit ihm?"

„Er ist tot. Wir wissen nicht wer er ist."

„Warum glauben Sie, dass er hier war?" Der Mann schaut Karlheinz prüfend an. „Er ist fesch, doch ist er deshalb auch schwul?"

„Nein, der Gerichtsmediziner vermutet das aus einem anderen Grund."

„Verstehe. Geh zu Otto rein. Der kennt mehr Burschen, als jeder von uns."

Karlheinz geht weiter in das Büro und zuckt zurück. Hinter einem chaotisch voll geräumten Schreibtisch hockt ein alter Bekannter, Otto Zander der Exfreund von Gustav. „Oh, was machst du hier?"

„Ich habe mich selbstständig gemacht. Mit Gustav ging es nicht weiter. Der tut immer auf große Moral", grinst Otto aus seinem runden Gesicht Karlheinz an.

„Der Wellnessbetrieb soll aber gut gehen", Karlheinz ist neugierig. Nachdem schon am Abend seine Freunde über das Verhältnis gesprochen haben, will er erfahren, was wahr ist. „Irgendwer behauptet, du hast dir einen feschen Jungen angelacht, stimmt's?"

„Habe ich. Bin aber bereit, ihn mit anderen zu teilen. Willst du dir nicht auch ein Körberlgeld bei mir machen?"

„Ich bin von der Polizei. Illegale Prostitution mache ich nicht, das verfolge ich."

„Schön, was machst du also bei mir?"

„Kennst du diesen Mann. Er ist ermordet worden."

Otto schaut sich das Bild an. Karlheinz kann beobachten, wie das selbstzufriedene Grinsen einem Entsetzen Platz macht. „Ist der Junge tot?", haucht mit kraftloser Stimme Otto. „Was ist ihm passiert?"

„Das sagte ich bereits. Er wurde ermordet. Wie heißt der Kerl?"

„David, mehr weiß ich nicht. Er ist vor zwei Wochen in der Hinterbrühl aufgetaucht."

„Ist er auch hierhergekommen? Wer kennt ihn näher?"

„Nein, hier war er nie. David ist eine Edelnutte. Er ist mit, äh, das geht nicht, das darf ich dir nicht verraten."

„Was darfst du mir nicht sagen?"

„Wer ihn in den Wellnessklub gebracht hat. Am besten du gehst zu Gustav. Ich verbrenn mir nicht die Lippen."

„Die Zunge. Es heißt: Ich verbrenne mir nicht die Zunge", korrigiert Karlheinz.

„Wie immer, es hat mich gefreut, dich wieder zu sehen. Nun geh bitte."

„Klar, Tschüss." Karlheinz begreift, dass es keinen Sinn macht weiter zu bohren. Er geht.

Bei Marcus ist in der Bank der Teufel los. Unglaublich viele Kunden stürmen den Informationsschalter. Er hat bereits drei Leute in separierten Kojen untergebracht. „Wenn das so weiter geht, müssen wir Personal aufstocken", jammert er zu seinem Stellvertreter.

„Ha, ha, das gibt einen schwarzen Punkt in der Zentrale, wenn du es auch nur anschneidest." Der ältere Kollege wurde bei der Ernennung zum Direktor übergangen und hofft, der 20 Jahre jüngere Marcus holt sich diesen schwarzen Punkt.

„Wir haben im letzten halben Jahr unser Kreditvolumen verdoppelt, da finde ich sicher Verständnis."

„Wir haben mehr Geld verliehen. Kommt es auch wieder rein? Ich bin sicher, es sind eine Menge fauler Kredite drunter", höhnt der stellvertretende Direktor.

„Ich weiß, das wünschst du dir. Hättest dir einen anderen Papa aussuchen müssen", höhnt Marcus. Wenn sich's ergibt, will er diesen Mitarbeiter loswerden. Marcus hat seinen Vater den Vorstandsvorsitzenden der Bank schon gebeten. „Kannst du ihn nicht versetzen?"

„Sicher kann ich", schmunzelte sein Vater Dominik jedes Mal. „Solange er dir missgünstig auf die Finger schaut, strengst du dich an."

Marcus Vertreter begibt sich verstimmt zu einem der Kunden. Er will in eine andere Filiale um ans Ziel zu kommen. Er will Filialdirektor werden.

Da platzt Karlheinz in die Bank. Er stört, steckt den Kopf durch Marcus Bürotür und bittet, „brauchst du noch lange" Ich will mit dir zum Wienerwaldkunden." Die zwei Frauen, die bei Marcus sitzen, brauchen nicht zu wissen, wohin er will.

„Eine halbe Stunde gib uns noch. Ich begleite dich auf jeden Fall." Marcus ist nicht bereit, Karlheinz alleine in diesen Wellnessklub zu lassen.

Unentschlossen steht Karlheinz im Kassenraum herum. Soll er auf einen Kaffee weggehen? Klaus, einer der Finanzberater, entdeckt ihn. „Hallo Herr Bezirksinspektor, kommen Sie zu mir rein. Cappuccino ohne Zucker?"

„Ja, danke, Sie erinnern sich?", Karlheinz folgt seinem Wink, um in dem kleinen Büro Platz zu nehmen. „Wieso ist es bei Ihnen so ruhig?"

„Ich habe Glück. Es geht fast ausschließlich um Telebanking. Die Umstellung im Programm macht einigen Kontoinhabern zu schaffen", kichert Klaus. „Ich bin nicht zuständig."

Während Karlheinz seinen Kaffee schlürft denkt er noch, das ist ja schlimmer als bei uns im Amt. Karlheinz unterhält sich mit seinem Gastgeber und erfährt, dass auch Klaus Wiesinger auf die Versetzung des stellvertretenden Direktors wartet. Dann rückt er auf den Posten nach.

Es dauert knapp eine Stunde, dann stürzt Marcus in den Raum. „Hier bist du? Wir können fahren."

„Fein, das geht sich wunderbar aus. Lass uns im Wellnessklub essen. Den Vornahmen des Opfers habe ich schon."

Sie fahren hinaus in die Hinterbrühl. Jetzt Ende März beginnt bereits zartes Grün zu sprießen. Wie immer, wenn Karlheinz in die lange Allee einbiegt, spürt er ein kaltes Kribbeln im Rücken.

„Diese schwarzen kahlen Bäume an den steilen Berghängen wirken beklemmend", meint auch Marcus.

Diesmal schaut sich Karlheinz das Umfeld genauer an. Er bemerkt zwei Parkplätze. Den, mit den Autos der Mittelklasse, auf dem auch sie halten und einem anderen Platz mit einer zwischen zwei immergrünen Sträuchern getarnten Zufahrt. Schemenhaft kann er die schweren Limousinen, BMW, Mercedes und Rolls Royce ausmachen.

Horst, ein Mitarbeiter des Klubs winkt ihnen und zeigt wo sie parken dürfen. „Seltene Gäste. Unser Bankier besucht uns. Sollten wir knapp bei Kasse sein?"

„Nein, Karlheinz sucht wieder einmal eine Leiche", lacht Marcus schelmisch.

Horst wird etwas verlegen, „Gustav dachte, du bist ihm nicht mehr böse?"

„Nein, ich bin ihm nicht mehr böse. Wir werden uns heute am Nachmittag wirklich nur entspannen."

„Ihr seid VIP-Gäste. Kommt, ich sage an der Kassa Bescheid." Horst geht mit ihnen hinein, um sie dem Burschen am Empfangstresen vorzustellen.

„Kann ich mit Gustav sprechen?", bittet Karlheinz.

„Natürlich, doch erst zieht euch aus. Im Winterlook lauft ihr mir hier Herrinnen nicht herum."

Sie befolgen Horsts Anweisung und beziehen eine Kabine mit Liege.

Marcus grinst Karlheinz verlangend an, „probieren wir sie aus?"

„Nein du Ferkel. Ich bin im Dienst."

Lachend gehen sie nur mit dem Badetuch bewaffnet in den Wellnessbereich. Karlheinz strebt dem Büro des Chefs zu.

„Grüß dich Gustav. Ich habe eine etwas diskrete Anfrage an dich."

„So vorsichtig?" lauert Gustav. „Wenn ich dir helfen kann, tu ich es gerne. Bitte betrachte jede meiner Informationen als diskret."

Karlheinz legt ihm das Foto vor. „Was weißt du über David?"

Gustav schaut sich das Bild nachdenklich, etwas traurig an, „Tot?"

„Ja, ermordet und in einer Mülltonne entsorgt." Karlheinz schaut Gustav in seine feucht werdenden Augen.

„David Adams, ein Kanadier. Vor zwei Wochen ist er zu uns gekommen. Am Freitag habe ich ihn zuletzt gesehen. Das ist alles."

„Wo hat er gewohnt?"

„Hier. Er ist mit einem Freund aufgetaucht und hat hier im Haus immer auf ihn gewartet."

„Du vermietest Zimmer?"

„Natürlich. Ich führe ein Hotel. Um es exklusiv auszubauen, hat mir doch dein Lover den Kredit gegeben."

„Schon, schon. Ich dachte es handelt sich um verschwiegene Separees."

„Ich dachte, ich konnte deinen blöden Verdacht entkräften. Hier gibt es keine verbotenen Hurereien und keine Minderjährigen und was du sonst noch alles an blöden Fantasien entwickelt hast!" Gustav ist eingeschnappt und stößt die letzten Worte wütend aus.

„Verzeih mir. Als Polizist bin ich verpflichtet, immer das Schlimmste zu vermuten."

„Gut, genießt doch den Nachmittag und schau dich ruhig um. Es gibt hier im Haus keine Geheimnisse."

„Danke das machen wir. Hast du von Davids Pass zufällig eine Kopie gemacht?"

„Ja, ich gebe dir gleich eine. Bis du gehst, habe ich die Kopie herausgefunden."

„Wer ist…, war sein Freund, auf den er gewartet hat?"

Lange schaut Gustav mit starren Augen auf Karlheinz. „Wenn du es hinkriegst", er macht eine Sprechpause. Karlheinz sitzt wie auf Nadeln. „So zu tun, dass niemand ahnt, von wem du es weißt."

„Ja, ja, ich habe einfach eine Notiz beim Toten gefunden", Karlheinz fiebert der Information entgegen.

„Willst du sein Zimmer sehen?"

„Ja zeig es mir. Wer war mit ihm hier?"

Gustav holt tief Luft, „Serge Radoslav der Konsul. Radoslav hat ihn hergebracht und bezahlte auch das Zimmer und den Leihwagen." Gustav steht auf und geht vor zu Davids Zimmer. Karlheinz folgt ihm. Im Zimmer sieht er sich staunend um. Ein großer elegant eingerichteter Raum. Wohnlich, mit einer bequemen Sitzgarnitur ausgestattet. Auf die Terrasse öffnet sich eine breite Glaswand mit der Schiebetüre in den Wienerwald hinaus. In einer verspiegelten Nische befindet sich das Bett. Gegenüber in der anderen Nische, hinter Glas ist das Bad. Vom Wohnraum kann man dem unter der Dusche Stehenden beim Waschen zusehen.

„Ideal für ein Liebespaar", wirft Karlheinz Gustav hin.

Da stürzt Marcus herein, „hier seid ihr." Er schaut sich um und reißt die Augen auf. „Was wollt ihr in einem Schlafzimmer? Nackt?"

Karlheinz hat vor lauter Aufregung sein Badetuch im Büro zurückgelassen. Gustav trägt seine Berufskleidung, einen schwarzen Body.

„Es ist Davids Zimmer", beruhigt Gustav. „Karlheinz sucht hier nach…, nach was eigentlich?"

„Seinem Liebhaber", lacht Karlheinz.

„Ihr wolltet einen Dreier!", faucht laut Marcus.

„Oh Gott, ich gehe", Gustav flieht. Eifersuchtsszenen sind nicht sein Geschmack.

„Ich sollte eigentlich Handschuhe tragen. Doch glaube ich kaum, dass wir hier die Spurensicherung herein bekommen."

„Was suchst du wirklich?"

„Persönliches von David. Mit wem war er hier?"

„Konnte dir das nicht Gustav sagen?"

„Hat er, aber ich vermute David hatte mehrere Freier."

„Du glaubst nur weil er schön war, war er auch ein Stricher?"

„Nein, weil er hier war. Gustav kann beteuern, was er will, das Haus ist ein Puff."

„Dann unterstellst du mir ein Puff zu finanzieren?"

„Komm hilf mir die Laden zu durchsuchen. Irgendwas werden wir schon finden."

Sie öffnen alle Schränke und schauen in alle Laden. Maßanzüge, Maßschuhe, feinste Wäsche und schließlich teuren Schmuck. Der Bursche litt keinen Mangel. Endlich Schriften, Briefe, Dokumente und einen Laptop.

„Mein Engel, für dich würde ich mich auch öffentlich bloßstellen. Dein Paul", liest lachend Marcus vor. „Eine Einladungskarte für einen Ball ins Auersperg. Auf der Rückseite handgeschrieben die Liebeserklärung."

„Wo? Gibt es mehr davon?" Karlheinz ist zu Marcus rüber geeilt, um mit ihm in der Lade weiter zu suchen.

Eine Notiz von einem Martin und etwas mehr Zeilen von einem Kurt C. „deinem Bohrwerkzeug" verdichtet den Verdacht der Prostitution.

„Soll ich Gustav über Martin und Kurt ausquetschen? Ich möchte auch einmal jemanden verhören", blödelt Marcus.

„Wir gehen gemeinsam. Wenn du alleine in sein Büro gehst, zieht er sich glatt seinen Body aus."

„Serge war doch nicht sein einziger Kontakt", lauert Karlheinz. „Gustav, nun musst du mir auch die Namen von Martin und Kurt geben."

„Martin, das kannst du vergessen. Kurt Classen von der Firma Werkzeug und Maschinen, von mir aus. Das heißt, von mir hast du es nicht."

„Was ist mit Martin?", süßelt Marcus Gustav an. „Wär das ein geeigneter Kerl für mich?"

„Bemühe dich nicht, du verwöhntes Play-Buberl. Wenn man mir einen konkreten Verdacht liefert, dann ja. Aber solange es nur ein Name unter vielen ist, besser nicht. Das ist auch besser für dich Karlheinz. Der Mann ist ein hohes Tier."

Karlheinz nickt. Er findet auch, es ist besser man stochert nicht im Wespennest solange man nichts Genaues weiß. Ein Konsul und ein Großunternehmer sind schon heikel, so ein Politiker oder Beamter aus der oberen Etage kann für einen kleinen Inspektor eventuell verheerende Auswirkungen haben.

„Und Paul, der sich outen will, hast du vergessen?", erinnert Marcus seinen Freund.

„Richtig! Gustav was sagt dir der Name?"

„Ha, ha, Paul Fröhlich. Der rennt hinter jedem her und verspricht sich ihm zuliebe zu outen."

„Ja, wenn man liebt, tut man es. Ich habe es ja auch getan", bestätigt Karlheinz.

„Sicher, nur Paul braucht sich nicht zu outen. Ihm sieht man es zehn Meter gegen den Wind an."

„Gegen den Wind sehe ich auch zwanzig Meter", schmunzelt Karlheinz über den Vergleich.

„Ja, nur riechst du die Parfümwolke nicht mehr", gibt ihm
Gustav höhnisch kontra.
„Den Laptop nehme ich auch mit. Hast du etwas dagegen?"
„Nein, ist etwas Wichtiges drauf?"
„Ich komme nicht rein. Es gibt ein Kennwort."
„Ich will das Zimmer weiter vermieten. Die Sachen räume ich
in die Abstellkammer. Zwei Monate hast du Zeit, um sie zu
holen, danach verschleudre ich es. Übrigens solltest du auch
den Leihwagen suchen. Hier steht er nicht also war David
damit unterwegs."
„Danke, kennst du das Kennzeichen?"
„Nein."
Als sie Gustavs Büro verlassen meint Marcus fröhlich, „so
jetzt gehst du mit mir in die Sauna. Du bist im Dienst und ich
will dich bei der Arbeit schwitzen sehn."
Karlheinz lacht entspannt, „lass uns schwitzen."
Gustav legt eine Kopie von Davids Pass in ihre Kabine.
Marcus und sein Freund genießen den Rest des Tages im
Wellnessklub. Am Abend essen sie bei Karlheinz Mutter.

Gerlinde hat die Unterlagen des verschwundenen Kanadiers
bekommen. Da Jürgen zur Besprechung bei Oberst Brenner
ist, schaut sie alles durch. Der Fall ist mehr als geheimnisvoll.
Der 26-Jährige Mann, Mitarbeiter einer UNO-Organisation,
hat die Sauna mit einem Badetuch bekleidet verlassen und
wurde nie wieder gesehen. Ein Zeuge behauptete, er sah ihn in
die Franziskanerkirche verschwinden. Diese war angeblich an
diesem Abend verschlossen.
„Das gibt es nicht!", ruft Gerlinde aus, als sie die Fotos des
Vermissten mit dem Foto des Toten vergleicht. Es könnte sich
um zwei Brüder handeln. „In diese Sauna kann ich wohl nicht
gehen, aber in der Kirche werde ich nochmals nachfragen",
stellt sie fest.

In der Kirche geht sie nach vor zur Sakristei. „Grüß Gott, ich brauche ein paar Auskünfte", spricht sie dort einen älteren Klosterbruder an.

„Da sollten Sie die Seitentüre ins Kloster benützen."

„Es geht um Albert Gym, den jungen Mann der vor dreieinhalb Jahren verschwunden ist."

Der Mönch wird bleich, „schon wieder?"

„Nein, er ist nicht schon wieder verschwunden. Ich will nur über das, was damals geschah, nochmals Auskünfte."

„Das meinte ich. Schon wieder diese peinlichen Fragen. Wozu soll das gut sein?" Der Mann hat sich wieder gefasst.

„Wer weiß am besten darüber Bescheid?"

„Kommen Sie, setzen wir uns raus in die Kirche. Ich und noch vier Brüder kannten Albert. Es ist uns peinlich, das werden Sie doch verstehen."

„Klar, ich bin genauso verschwiegen wie ein Beichtvater." Gerlinde denkt sofort, die Klosterbrüder hatten wahrscheinlich mit dem schönen Kerl gespielt.

Sie setzen sich in die Kirchenbank nahe einem Beichtstuhl. Der Pater murmelt erst ein Gebet, bevor er zu sprechen beginnt.

„Albert ist, denn ich glaube auch, dass er noch lebt, ein Gestrauchelter. Er hat in dem Bad gegenüber in der Straße viele leichtfertige Liebeserlebnisse gehabt. Immer öfter hat ihn die Reue gepackt und dann ist er zu uns gekommen, um sich's von der Leber zu reden und zu versprechen, es künftig besser zu machen."

„Er hat also gebeichtet?"

„Nein, das wollte und konnte er nicht. Er ist, oder war nicht katholisch."

„Ich verstehe, er wollte einfach nur sprechen."

„Richtig. Leider habe ich festgestellt, dass er sich von Mal zu Mal noch tiefer in die Sünde verstrickte."

„Also noch mehr Sex."

„Das ist ja nicht das Schlimmste. Er wurde Mister Homo, oder Regenbogen, ach das weiß ich nicht mehr so genau. Das er

Geld nimmt war schon schlimm, doch ich fürchte er hatte auch erpresst."

„Warum hatte das damals niemand der Polizei gesagt?"

„Wir wollten ihm nicht schaden. Seine Mutter war damals so verzweifelt, dass es nichts gebracht hätte, wenn wir ihn noch mit Schmutz bewerfen."

„Jetzt können Sie es?" Gerlinde fragt sich, weshalb ihr der alte Mönch plötzlich reinen Wein einschenkt.

„Sie sind nicht wegen ihm hier. Ist sein Bruder wirklich in Wien?"

„Sein Bruder? Wie heißt er?" Gerlinde ist elektrisiert. Die Ähnlichkeit. Ist sie auf der richtigen Spur?

„David, ja David. Es ist aber sein Stiefbruder."

„Eine andere Mutter? Heißt er auch Gym?"

„Gym? Ich weiß nicht einmal wie Albert noch hieß. Es sind zwei Väter."

„Sprach Albert über die von ihm erpressten Personen?"

„Es waren hohe Persönlichkeiten. Namen hatte er nicht genannt. Das Letzte, was mir mein Mitbruder erzählte war, das Albert sich auf Drogengeschäfte eingelassen hatte."

„Drogen? Albert hat scheinbar nichts ausgelassen." Gerlinde wundert sich, dass nichts von all dem im Akt steht. Haben die Kollegen geschlampt, oder fantasiert der Mann Gottes.

„Woher wissen Sie, dass David in Wien ist?

„Er war hier und hat mit Pater Julius gesprochen. Ich konnte es nicht glauben und dachte mein Mitbruder fantasiert. Er ist schon etwas alt."

Gerlinde denkt alt? Der vor ihr sitzende Bruder ist mindestens 70, wie alt ist dann der von ihm als „etwas alt" bezeichnete?

„Danke, vorläufig. Ich möchte gerne von Pater Julius wissen, worüber er mit David gesprochen hat?"

Der Mönch lächelt milde, „das bringt Ihnen sicher nichts. Er konnte uns auch nichts Vernünftiges sagen."

„Sie sind, falls ich noch Fragen habe?"

„Bruder Jeremias. Wenn Sie telefonisch im Kloster anfragen werde ich verständigt und rufe sie zurück. Handy haben wir keines."

Zurück im Landeskriminalamt trifft Gerlinde Jürgen im Büro an.

„Unser oberster Chef spinnt wieder einmal. Verlass ihn doch endlich", begrüßt Jürgen Gerlinde.

Gerlinde packt die Wut. „Ich habe zu Sylvester mit ihm Schluss gemacht! Lass mich also endlich zufrieden."

Jürgen zieht den Kopf ein. „Verzeih, es ist mir nur so rausgerutscht. Wir haben aus dem Bundeskriminalamt einen neuen Auftrag bekommen."

„Erledige ihn halt. Ich habe wegen unserer nackten Leiche ermittelt." Gerlinde ist etwas ruhiger geworden, trotzdem bleibt die Stimmung frostig.

„Wenn wir nur wüssten, wer der Kerl ist? Jedenfalls musste ich Max abziehen damit der Drogenfahndung unterstützt. Wir sollen die Kollegen unterstützen. Angeblich ermorden die Dealer sich gegenseitig zu Hauf."

„Der vor drei Jahren verschwundene Bruder unseres Toten hat ebenfalls gedealt."

„Wie? Was? Du weißt, wer der Tote ist?"

„Es ist noch nicht sicher. Schau dir die Fotos an. Der Bruder des aus der Sauna verschwundenen Mannes heißt David. Er hat aber vermutlich einen anderen Familiennamen."

„Der Kerl aus der Sauna war Drogendealer?" Jürgen. Er studiert die Fotos und ihm fällt ebenfalls die Ähnlichkeit der zwei Männer auf.

„Das behauptet ein Mönch, mit dem ich gesprochen habe. David war im Kloster und hat nach Albert gefragt. Von dem was er mir der Mönch erzählte vermisse ich vieles im Akt."

„Ich werde mit Claudius sprechen. Wer hat damals den Fall bearbeitet?"

„Erst Hauptmann Korona und später ein Oberleutnant Bruch vom Bundeskriminalamt."

„Interessant. Dieser Bruch hat vor fünf Jahren noch im Grazer Landeskriminalamt gearbeitet. Es gab über ihn ein paar böse Gerüchte. Dieser verschwundene Kanadier dürfte einer seiner ersten Fälle im Bundeskriminalamt gewesen sein." Damals als es die Gerüchte gab arbeitete auch Jürgen noch in Graz.

„Willst du ihn kontaktieren?"

„Hm, weißt was? Interview du ihn. Ein Inspektor das wirkt harmloser." Jürgen hat einige der Gerüchte noch in den Ohren. Wenn was Wahres dran ist, sollte man dem jetzt nachgehen.

3 Mittwoch

Der Winter ist zurückgekehrt. Ein Eisregen klopft zart an die Scheiben. Die feuchten Kleidungsstücke dampfen an der Ablage. Jürgen bittet zur morgendlichen Besprechung. Gerlinde serviert mit Karlheinz Kaffee.

„Was gibt es über unsere Müllleiche zu berichten?"

„Habe ich dir auf den Tisch gelegt", murmelt Karlheinz. Er ist in Gedanken noch zu Hause bei seinem Liebsten.

„Zwei Seiten, sehr umfangreich. Erzähle kurz: Was ist davon wichtig?" Jürgen will nicht stundenlang lesen, sondern kurz zusammenfassen.

„Der Tote heißt David Adams. Er ist fünfundzwanzig Jahre alt. Eine Kopie seines Passes liegt beim Bericht. David soll mehrere Freunde gehabt haben. Unter anderen einen Konsul und einen Unternehmer. Mit seinem Laptop sollte sich die Technik befassen."

Gerlinde platzt heraus: „Der Tote war der Halbbruder von Albert Gym."

Jürgen lehnt sich zufrieden zurück. „Na also, nach einem Tag wissen wir schon wer der Unbekannte war. Macht so weiter und wir nehmen morgen den Mörder fest."

„Soll ich wirklich mit Gerlinde zu den Herren gehen um sie zu befragen?" Karlheinz fürchtet, dass die Anwesenheit einer Frau die Männer zwingt sich ins Schneckenhaus zurückzuziehen.

„Ja, macht das. Gegenüber einer Frau öffnen sie sich leichter, was ihren Sex betrifft." Jürgen ist anderer Meinung.

Max schaut erstaunt, „sollte ich ihn nicht begleiten?"

Jürgen wedelt mit Claudius Anweisung. „Nein, du musst zur Drogenfahndung rauf. Die haben ein paar tote Dealer."

„Gleich mehrere Tote?" Max grinst überheblich. „Die lieben Kollegen spielen sich nur auf. Ständig verlangen sie das eine Sonderkommission eingesetzt wird und fordern dauernd Unterstützung vom Bundeskriminalamt."

„So ist es. Es handelt sich um eine Sonderkommission des Bundeskriminalamtes."

„Das auch noch. Wer ist dort mein Chef?"

„Major Korona. Ausnahmsweise einer von uns und nicht vom Bundeskriminalamt."

„Ist das dieser Hauptmann Korona, der den verschwundenen Kanadier vergeblich suchte?" Gerlinde schaut Jürgen vorwurfsvoll an, weil er es ihr am Vortag als sie es berichtete nicht erzählte.

„Ja, genau der. Er hat damals schon diesen Gym beobachten lassen. Ich habe ihn noch Gestern angerufen und da hat er es mir erzählt."

„Wieso?" Gerlinde schaut verständnislos.

„Nun, wenn du den Akt genauer liest, wirst du feststellen, dass im Fall des verschwundenen Kanadiers nicht die Abteilung für Vermisste, sondern das Drogendezernat ermittelt hat."

„Schon. Nur auch wir lösen ständig Verbrechen, die uns nichts angehen."

„Genau und deshalb habe ich auch den Akt angefordert, der diese und andere Verdächtige beinhaltet. Du bekommst ihn noch am Vormittag."

„Hat dir Major Korona auch gesagt, warum er die Akte ans Bundeskriminalamt abgegeben hat?"

„Nein, das soll Max vorsichtig herausbekommen." Jürgen verzieht sein Gesicht verschwörerisch. Er will mit Max noch unter vier Augen über seinen Verdacht gegen Oberleutnant, nun Hauptmann Bruch sprechen.

„Komm Gerlinde lass uns frische Luft schnappen", fordert Karlheinz seine Kollegin auf.

Sie machen sich auf den Weg, um zuerst Kurt Classen aufzusuchen.

Gerlinde meint, „probieren wir erst den. Wenn wir Porzellan zerschlagen, dann ist der Konsul heikler."

„Ja, ich werde ihm erzählen, dass wir den Hinweis auf ihn bei der Leiche gefunden haben."

„Ist die Quelle geheim?"

„Ja und nein. Wenn wir die Quelle jetzt preisgeben, dann versiegt sie sofort. Ich hoffe auf weitere Infos."

„Guten Tag, Kriminalpolizei können wir mit Herrn Direktor Classen sprechen?", meldet sich Karlheinz höflich am Empfang des 15-stöckigen Gebäudes an.
„Moment, ich frage im Sekretariat nach." Der von zwei charmanten jüngeren Damen flankierte, seriös wirkende Mann im grauen Anzug telefoniert.
„Polizei? Worum geht es?", will er von Gerlinde wissen.
„Das besprechen wir mit Herrn Classen", faucht Karlheinz dazwischen. „Oder wollen Sie dass wir mit Uniformierten hier aufkreuzen?"
Der distinguierte Herr schluckt, seine zwei Schönen rücken von ihm einen Schritt ab, dann meint er ins Telefon hinein, „die Herrschaften wollen mit mir nicht darüber sprechen."
Er nickt mehrmals, dann deutet er zum Lift, „ in den zehnten Stock bitte."
Sie gehen zum Lift, obwohl Karlheinz noch murmelt, „der Chef sitzt sicher im Fünfzehnten."
„Warte, wir werden in schon sprechen. Wenn nötig mit einer Indiskretion", kichert Gerlinde. Sie ist sicher, weder der Portier noch die Person, an die sie verwiesen werden, weiß von den schwulen Vergnügungen des Herrn Classen.
Sie werden im zehnten Stock schon an der Lift Tür von einer reiferen Dame in unifarbenem Kostüm empfangen. „Kommen Sie weiter. Womit kann ich Ihnen helfen?"
Karlheinz und Gerlinde bleiben stur am Lift stehen. Gerlinde lächelt die Dame freundlich an. „Wie ich schon dem Herrn im Erdgeschoss gesagt habe, wollen wir Herrn Classen persönlich sprechen."
„Ich bin über jede Firmeninterna informiert. Sie können also genauso gut mit mir sprechen."
Wieder faucht Karlheinz dazwischen, „Persönlich das heißt persönlich! Geht das nicht in Ihren Schädel?"

Die Dame ist entsetzt. So wurde sie noch nie angefahren und sie ist die zuständige Anlaufstelle für Reklamationen und Beschwerden. „Ja, aber das geht nicht", stammelt sie schließlich.
„Doch, das geht oder sollen wir mit einem Schwarm Polizisten hier aufkreuzen und eine amtliche Durchsuchung machen? Es geht um ein Verbrechen und wir hoffen, dass uns Herr Classen helfen kann." Karlheinz hat zwar zum Schreien aufgehört aber mit Nachdruck weiter gesprochen.
„Gehen wir in mein Büro. Ich muss noch telefonieren", haucht die Dame resignierend.
„Nein meine Liebe, wir zwei warten hier beim Lift", flötet freundlichst Gerlinde. „Herr Classen befindet sich sicher nicht in diesem Stockwerk."
„Gut", nun ist auch die Meisterin der Reklamation wütend. „Warten Sie."
„Aber nicht lange!", ruft ihr Karlheinz hinterher.

„Du warst schon etwas zu schroff", bremst ihn Gerlinde ein. „Woher hast du das?"
„Max hat es mir beigebracht", schmunzelt Karlheinz. „Dieses hinhalten und ständig weiterreichen ist doch wirklich empörend. Können die hohen Herrschaften den nicht begreifen, dass persönliche Gespräche nur intim bleiben solange man nicht herumbrüllen muss. Ich könnte ja auch schreien: Wo ist der Warme? Sein Liebhaber ist abgestochen worden."
„Das aus deinem Mund?" Gerlinde seufzt, obwohl sie Karlheinz zum Teil recht gibt.

Da kommt schon die Dame zurück. „Ja ich fahre mit Ihnen hinauf zu Herrn Generaldirektor. Viel Zeit kann er Ihnen aber nicht opfern."
Sie werden nach oben gebracht und stehen Herrn Classen gegenüber. „Womit kann ich Ihnen dienen. Es ist scheinbar eine geheime Mission, die Sie zu mir führt", er versucht witzig zu sein.

Gerlinde dreht sich zu der Dame die sie gebracht hat um, „danke, es ist eine persönliche Angelegenheit."

Als die Dame weg ist und die Türe geschlossen ist, Classen schaut gespannt auf das was kommt, beginnt Karlheinz und zeigt Davids Foto. „Kennen Sie diesen Mann? Er ist ermordet worden und wir wollen mehr über sein Umfeld erfahren, um den Täter zu fassen."

Classen schaut gefasst das Bild an. „David. Wie sind Sie auf mich gekommen?"

„Bei der Leiche haben wir schriftliche Belege gefunden. Dein Bohrwerkzeug und so."

„Hm, ich hatte Sex mit ihm. Er...", mit einen verschämten Seitenblick zu Gerlinde, „ja war sehr schön. Es stimmt mich traurig. Ich wollte ihn aus dem Puff rausholen und bei mir in der Firma unterbringen."

„Wann und wo haben Sie ihn kennengelernt?" Karlheinz wird, nun wo er auf entgegenkommen stößt, sanft.

„Wissen Sie es noch nicht", Classen schmunzelt. „Gustav hat öfter damit angegeben, dass er einen Kriminalbeamten gut kennt. Sie haben doch mit ihm geredet?"

Nun ist Karlheinz paff. Gerlinde muss unterdrückt auflachen.

„Ja, aber Gustav hat Sie nicht erwähnt. Die Unterlagen habe ich in Davids Zimmer gefunden."

„Dort habe ich ihn vor vielleicht vierzehn Tagen kennengelernt."

„Wissen Sie, ob er mit Drogen gehandelt hat?", meldet sich Gerlinde.

„Nein. Das glaube ich auch nicht. Sicher nicht. Er war auch kein wirklicher Stricher. Es schien mir, als ob er in Wien jemanden sucht."

„Seinen Bruder. Hat er von ihm gesprochen?"

„Ein Bruder? Nein er hat mir gegenüber behauptet er stehe mutterseelenallein in der Welt. Er wirkte bei seiner ganzen Männlichkeit hilflos und schutzsuchend. Das war vielleicht seine Masche." Classen seufzt wehmütig auf. Karlheinz stellt fest, es geht dem Direktor näher, als er zeigt.

„Kennen Sie einen der anderen Männer die zu ihm kamen?",
Karlheinz setzt fort.
„Natürlich nicht. Gustav ist sehr diskret und weiß wie er uns
voneinander trennt. Einer von Davids Freunden soll jedenfalls
im höheren Polizeidienst sein. Wahrscheinlich ist er sogar im
Innenministerium. Doch das vermute ich nur."
„Danke, falls Sie noch etwas wissen, melden Sie sich bitte.
Wir werden Sie nicht weiter belästigen", verspricht Karlheinz
und verabschiedet sich.

„Wir werden Sie nicht weiter belästigen", Gerlinde lacht auf,
als sie im Lift hinunterfahren.
„Nun ich weiß was ich wissen will. Wenn er drin steckt wird
er jetzt aktiv. Damit stoßen wir wieder auf ihn." Karlheinz
denkt pragmatisch. Wenn Classen nur ein harmloser Liebhaber
war, werden sie kaum nochmals auf ihn stoßen.
„Du entwickelst dich. Ich muss künftig von dir lernen."
Karlheinz brummt nur. Spottet Gerlinde, oder ist es wirkliche
Anerkennung?

Max ist zur Abteilung der Drogenfahnder gegangen. Korona,
ein durchschnittlich großer Mann mit einem schwammigen
breiten Gesicht und einer strähnigen Mähne empfängt Max
eher reserviert.
„Sie sollen, so meint der Herr Oberst, uns hier unter die Arme
greifen."
„So ist es Herr Major. Ich soll ein paar von Ihren Morden aufklären."
„Meine Leichen lassen Sie gefälligst in meinem Keller. Ich
rühre Ihre Leichen auch nicht an. Was unsere Kunden betrifft,
sollen Sie mir helfen weitere Hinrichtungen zu verhindern.
Denn wenn wir alle unsere Freunde verlieren werden wir
schließlich arbeitslos."
„Gut wer ist der Nächste, der Hingerichtet wird?"

„Frau Leutnant Abel hat Ihnen alles hergerichtet. Lesen Sie es durch und melden Sie sich am Nachmittag wieder bei mir."
Damit wird Max zur Lesestunde entlassen.
„Oh Gott", entfährt es ihm, als er den Stoß Akten auf dem Schreibtisch sieht.

Max benötigt den Vormittag, um die Vorfälle grob zu sichten und zu sortieren. Seiner Kontaktperson Leutnant Erika Abel stellt er kopfschüttelnd die Frage, „wie hängt das alles zusammen? Die vier oder sind es fünf Morde. wurden an unterschiedlichen Personen begangen. Gemeinsam haben die Opfer nur, dass sie Drogen genommen haben."
„Und sie haben als Dealer ihr Geld verdient. Es sind, so vermuten wir, drei konkurrierende Gruppen. Eine holländische, eine tschetschenische und eine Gruppe vom Balkan."
„Ah, da wird gegen die vermutlichen Hintermänner ermittelt. Dieser Verstaad ist das der Holländer?"
„Genauso ist es. Seine Dealer in Bayern und in Österreich werden laufend eliminiert. Drei der Mordfälle hier bei uns, waren seine Leute. Wenn Sie wollen, besorge ich Ihnen die Fälle aus Bayern. Dort sind weitere vier über die Klinge gesprungen."
„Über die Klinge? Ja ich sehe, dreien wurde mit einem Messer die Kehle durchgeschnitten." Max schaut sich diese drei Akte genauer an.
Zwei Männer und drei Frauen werden observiert. Das geht nicht lückenlos, daher schlüpften die Verdächtigen immer wieder aus. Zugriffe brachten nichts. Max stellt sich die Frage: Gibt es einen Informanten in den eigenen Reihen? Dieser Aaron Verstaad, lebt in Wien und reist monatlich nach Rotterdam. Die niederländischen Kollegen konnten ihm bisher ebenfalls nichts nachweisen.
Vor vier Jahren wurden mehrere Drogentransporte in Passau-Wegscheid abgefangen. Ein Informant, Max sucht vergeblich seinen Namen, hatte die Übergabedetails gemeldet. Doch

konnte außer dem Fahrer kein weiterer Dealer festgenommen werden.

„Gibt es Erfolge? Ich meine, es scheinen seit drei Jahren keine weiteren abgefangenen Transporte auf?"

„Doch, das ist der andere Akt. Vom Balkan herauf liefern die Serben und Tschetschenen. Da konnten wir im vergangenen Monat mehrere Lieferungen abfangen, aber wir haben von den festgenommenen Fahrern keine Informationen über die großen Händler bekommen."

„Hm, das könnten natürlich die Tipps der Konkurrenten sein." Max spürt den Kampf der Drogendealer. Die Einen verraten die Lieferungen und die Anderen revanchieren sich mit der Eliminierung der kleinen Dealer.

„Da sind wir uns sicher. Vergangene Woche hatte uns das Innenministerium über einen LKW, der nach Linz unterwegs war, informiert. Wir hatten ihn in Ried geschnappt. Dort hatte der Fahrer vergeblich auf den Abnehmer gewartet. Der wurde wahrscheinlich gewarnt. Ich frage mich von wem?"

„Weshalb wurde die Sonderkommission bei uns im Landeskriminalamt und nicht im Bundeskriminalamt gebildet?" Max schaut seine Kollegin verwundert an.

„Den Auftrag bekamen wir aus dem Innenministerium. Major Korona glaubt, weil der Maulwurf im Bundeskriminalamt vermutet wird."

Max erinnert sich an Jürgens Auftrag, „ist Hauptmann Bruch nicht im Drogendezernat?"

Erika lächelt Max an, „können wir nicht per du sein? Bruch sollten wir vorläufig keine Ergebnisse mitteilen. So lautet mein Auftrag."

Aha, denkt Max, Jürgen hat schon wieder etwas gespürt.

Eine schwere Limousine fährt in den Hof des Landeskriminalamtes. Zwei Herren in schwarzen Anzügen, einer mit Aktenkoffer steigen aus. Rasch huschen sie aus der Kälte ins Haus hinein. Als sie in Jürgens Büro stürmen, schaut Jürgen erstaunt auf. Den einen kenn ich doch. Woher nur?

„Guten Tag die Herren. Kann ich etwas für euch tun?"

„Grüß Gott Herr Major. Wo ist ihr Bezirksinspektor?"

„Wimmer ist außer Haus bei Zeugenbefragungen." Wer ist das nur? Jürgen ist sonst nicht scheu, doch sagt ihm eine innere Stimme: Vorsicht!

„Warte draußen?" Der jüngere Mann mit dem Aktenkoffer stellt diesen auf den Beistelltisch und geht in das große Büro hinaus.

Jürgen fragt sich. Ist da die Bombe drin?

„Wie kommen Sie damit zurecht, dass Ihr Mitarbeiter schwul ist?"

Jetzt reicht's Jürgen. „Also wenn Sie von der Internen sind, dann geht Sie das trotzdem nichts an. Herr Wimmer ist einer unserer besten Ermittler, das alleine zählt!" Jürgen hat sich heiß geredet.

Der Herr grinst nur und deutet mit der Hand langsam, ruhig. „Ich bin Martin, aus dem Innenministerium."

„Martin?" Jürgen erinnert sich, Karlheinz hat zwar den Namen erwähnt, ihn aber nicht in den Bericht geschrieben. „Hat Wimmer Sie…? Ich meine mit Ihnen gesprochen?"

„Nein, wie könnte er? Ich will ihn sprechen und einiges über den Toten im Müll berichten."

„Verzeihung. Nehmen Sie bitte Platz." Jürgen rückt geschäftig einen Stuhl zurecht. „Darf ich es auch erfahren?"

„Ja, aber es ist streng vertraulich. Herr David Adams ist von der kanadischen Polizei und hat für Interpol gearbeitet. Ich bin hier in Wien sein Kontaktmann", Martin macht eine Pause, „gewesen."

Jürgen ist platt. Das ändert den Sachverhalt komplett. „Dann waren Sie bei ihm nicht wegen…, ich meine Sie haben ihn dienstlich aufgesucht."

Martin lehnt sich in seinem Stuhl kichernd zurück. „Vielleicht beides, ist das für Sie so schrecklich?"

Jürgen schluckt, „nein, eigentlich ist es mir egal."

„David war schön und sexy. Er hat mit einigen Männern, die ich ihm angegeben habe, geschlafen. Die Akten von den vier Verdächtigen habe ich Ihnen mitgebracht."

„Auch über Sie", nun schmunzelt Jürgen.

„Nein und ich bitte Sie, mich sofort zu vergessen. Es führt Sie ohnehin nur in eine Sackgasse. Über David und seinen Bruder habe ich einiges zusammengetragen. Wenn Sie darüber mehr brauchen, sagen Sie es Bezirksinspektor Wimmer."

Jürgen versteht nicht ganz und schaut Martin dementsprechend verwirrt an. „Wieso ihm?"

„Wimmer wird meinen vollen Namen erfahren und wissen wo er mich erreicht. Ich bitte Sie das zu verstehen und auch zu akzeptieren."

„Selbstverständlich Martin." Ganz versteht Jürgen es nicht. Denn er hat Martin gesehen und wird ihn jederzeit wieder erkennen. Wozu diese Geheimniskrämerei. Nur, weil der Herr aus dem Ministerium schwul ist?

Martin leert den Aktenkoffer aus, legt die Akte auf Jürgens Schreibtisch und geht mit einem freundlichen „Servus" ab.

Jürgen macht sich über die Akte her. Zwei Männer sind ihm bereits bekannt. Serge Radoslav, der Konsul und Kurt Classen. Dazu kommt noch Richard Kampel ein Baumaterialienhändler und Georg Musk Antiquitäten. Es werden Daten, Termine und Überprüfungen angeführt, doch keine wirklichen Beweise erbracht. Jürgen bekommt seine Zweifel. Was soll das alles? Wenn Adams von Interpol war, wieso kommt keine offizielle Anfrage? Ich werde mich informieren, wer dieser Herr Martin wirklich ist: beschließt Jürgen. Die Kennzeichen der ein und ausfahrenden Autos werden aufgezeichnet.

Jürgen ruft das Tor an, „vor einer halben Stunde sind zwei Herren zu mir gekommen. Welche Fahrzeuge, die Sie nicht kennen, sind in dieser Zeit durchgefahren?"

Pospischil bekommt zwei Kennzeichen. Gerlinde soll prüfen wer mit diesen Autos unterwegs ist. Karlheinz erzähle ich vorläufig nichts von dem Besucher.

Karlheinz ist mit Gerlinde im Konsulat, bei Serge Radoslav, eingetroffen. In der Eingangshalle stellt sie Karlheinz vor.

„Guten Tag. Ich bin Bezirksinspektor Wimmer und meine Kollegin Inspektor Frauling. Wir wollen Konsul Radoslav in einer persönlichen Angelegenheit sprechen."

„Einen Moment bitte." Die Frau in ihrem grauen Hosenanzug telefoniert kurz.

Ein freundlicher Sekretär kommt die Stiege herunter und holt sie am Portal ab. „Folgen Sie mir bitte. Der Herr Konsul hat ein paar Minuten Zeit für Sie."

Er führt sie in einen prunkvollen Raum, der mehr einem Salon als einem Arbeitsraum gleicht. Serge ist ein großer schlanker schwarzhaariger Mann mit dunklen verträumten Augen.

Gerlinde ist elektrisiert und denkt: dem rennen sicher die Weiber nach.

„Was kann ich für die österreichische Polizei tun?" begrüßt sie Serge freundlich und in akzentfreiem Deutsch. Mit der Hand zeigt er auf die barocke Sitzgruppe.

„Wir wegen David hier. Er wurde ermordet", fällt Gerlinde mit der Türe ins Haus.

In Serges freundlichem Gesicht rührt sich nicht ein Muskel. „David, ein netter Junge. Weshalb wurde er ermordet?", stellt Serge ruhig ohne Emotion, die Gegenfrage.

Gerlinde ist sprachlos. Sie hat sich irgendeine Reaktion erwartet. Doch dieser Konsul reagiert ruhig, als ob sie ihm einen Butterpreis genannt hätte.

Karlheinz fragt deshalb, „da hofften wir, dass Sie uns weiter helfen können. Sie kannten ihn näher?"

„Näher?", Radoslav lacht vergnügt auf. „Ich habe mit ihm geschlafen, weiß aber nicht einmal, wie er weiter heißt."

„Hat er versucht Sie zu erpressen?"

„Womit den? Ich bin schwul, das ist bekannt. Deshalb werde ich auch nie in einem großen Land wie Deutschland oder Frankreich tätig werden."

„Hatte David mit Ihnen über seinen Wiener Aufenthalt, seine Geschäfte gesprochen?"

„Ich verstehe nicht. Welche Geschäfte? Er hat mir seinen Preis genannt und das war's. Ich war dreimal bei ihm."

Gerlinde hat sich wieder gefangen und meint, „man spricht doch über einiges. Worüber haben Sie mit ihm gesprochen?"

Radoslav lehnt sich im Stuhl zurück und lacht schallend. „Meine Gnädigste, das worüber ich mit ihm gesprochen habe ist nichts für Ihre Ohren."

„Wo haben Sie ihn kennengelernt?"

„Am Flughafen in Schwechat. Wir griffen beide zum gleichen Koffer. Da bemerkte ich, dass es der seine ist. Diese modernen Koffer schauen oft alle gleich aus."

„Wieso wussten Sie wie er tickt?" Karlheinz würde in einem solchen Fall eher das Weite suchen.

„Er hat mich gefragt, ob ich in Wien für ihn ein Bett wüsste. Ich frug ihn, ob es ihn stört, wenn ich darin liege und da hat er gelacht und gemeint, dass er das sogar bevorzugt."

„Da haben Sie ihn in die Hinterbrühl in den Club gebracht? Sind Sie dort oft?"

„Das geht Sie wieder nichts an. Mehr kann ich Ihnen nicht erzählen."

Karlheinz steht auf. Er merkt, dieser Konsul wird ihnen keine Informationen geben. „Danke, dass Sie uns Ihre Zeit opferten. Wenn Ihnen etwas einfällt das seinen Tod erklärt, rufen Sie mich bitte an." Karlheinz zückt seine Visitenkarte und nachdem Radoslav nicht danach greift legt er sie auf den Tisch.

„Es gibt überhaupt nichts womit ich Ihnen helfen kann. Ich muss übermorgen zurück in meine Heimat. Jedenfalls viel Glück bei der Aufklärung dieses Verbrechens."

Karlheinz und Gerlinde verlassen das Konsulat. „Der haut ab", murrt Gerlinde.

„Wir müssen froh sein, dass er überhaupt mit uns gesprochen hat", grunzt Karlheinz. „Er genießt diplomatische Immunität."

„Wegen dem Gym, könnten wir noch im Bundeskriminalamt bei Hauptmann Bruch vorbeischauen", Gerlinde will noch diese kurze Befragung erledigen und dann Feierabend machen.
„Ach ja, weiß Bruch was?", Karlheinz ist noch nicht über alle Ermittlungsergebnisse der Gruppe informiert.
„Der hat damals den Fall Albert Gym von Major Korona übernommen. Jetzt ist Max bei Korona um Drogendealer zu fangen."
„Dann hin zu Bruch", Karlheinz begreift sofort. Er kennt jetzt Jürgen lange genug, um seine Gedanken zu erraten.

Sie fahren zum Lichtenwerder Platz. „Schau wie praktisch. Hier können sie ihre Arbeiten gleich nebenan in der Müllverbrennung entsorgen", spöttelt Karlheinz.
„Wenn die Mülltonne mit Davids Leiche hier eingelangt wäre, gäbe es keinerlei Spuren."
„Wohin kommen eigentlich die Blechdosen? Hier verbrennen sie nur den Rest und Sondermüll."
Gerlinde denkt nach: „Ich werde mich morgen erkundigen. Womöglich haben die Täter die falsche Tonne erwischt."

Im Büro bei Bruch. Das Büro ist wesentlich moderner und geräumiger, als die Büros bei ihnen im Landeskriminalamt. Neidvoll schauen sie sich um.
„Streng dich mehr an, vielleicht schaffen wir es auch hierher", schmunzelt Gerlind Karlheinz zu.
„Womit kann ich meinen jungen Kollegen behilflich sein?" Bruch ist schnell gefunden und empfängt sie freundlich.
„Es geht um einen alten Fall. Albert Gym, Sie haben wie im Akt steht nach ihm geforscht." Gerlinde umschreibt es bewusst etwas geschwollen.
„Gym? Ist das der Kanadier, der in Wien vor etwa vier Jahren auf geheimnisvolle Art verschwunden ist?"
„Ja und nun ist sein Bruder ermordet worden", Gerlinde geht direkt ran.

„Sie vermuten einen Zusammenhang? Pospischil war schon immer sehr Fantasievoll."

„Damals wurde der Fall vom Landeskriminalamt weiter ans Bundeskriminalamt abgegeben. Weshalb?"

„Es gab wegen des Mannes internationale Verwicklungen. Ich hatte mit seiner Mutter, sie ist oder war von der kanadischen Polizei, gemeinsam nach Albert gesucht. Er ist wahrscheinlich in die Donau gefallen und in die Slowakei gespült worden."

„Er könnte auch in einer Müllverbrennung gelandet sein", wirft Gerlinde ein.

Mit großen Augen schaut sie Bruch an. „Wie kommen Sie auf sowas?"

„Sein Bruder landete in der Mülltonne. Es war ein Zufall, dass er entdeckt wurde."

„Ja? Wie immer, ich kann dem alten Akt nichts hinzufügen."

„Hat Gym mit Rauschgift gehandelt?"

„Daran kann mich nicht erinnern. Glaube nicht."

„Was hat Gym in Wien gemacht? Behandelt hatte den Fall ja zuerst das Drogendezernat."

„Das steht doch alles im Akt." Bruch wird ungehalten. Er steht auf, „lesen Sie ihn. Auf Wiedersehen."

Notgedrungen stehen Karlheinz und Gelinde auch auf um Bruch zu verlassen.

„Na, was hast du erwartet?", höhnt Karlheinz. „Wenn du mir mit einem vier Jahre alten Fall kommst, weiß ich auch nicht mehr, als das was ich damals alles in die Akte geschrieben habe."

„Es sind erst dreieinhalb Jahre. Und du schreibst vieles nicht in deine Berichte. Eigentlich sollte ich dich melden", faucht Gerlinde. Karlheinz zieht nur seine Augenbrauen hoch und schweigt überrascht.

Nach Minuten, sie sitzen wieder im Auto. „Du bist in letzter Zeit oft sehr gereizt. Wenn ich was falsch mache, sag es mir bitte direkt."

Gerlinde schnupft auf, „entschuldige, es ist nicht deine Schuld. Lass mich einfach in Ruhe."

„Gerne, wenn du jemanden zum Reden brauchst, ich bin für dich da." Karlheinz spürt es, Gerlinde hat einen privaten Kummer.

Marcus empfängt Karlheinz zuhause mit geheimnisvoller Miene. „Für dich wurde ein großes Päckchen eingeschrieben abgegeben. Ist es Liebespost?"
Karlheinz schaut auf den Absender. Martin Freund. Er öffnet das Paket. Es sind darin zwei dicke große Bücher und ein Schnellhefter. Am Kuvert des kurzen Begleitbriefes steht „Für Karlheinz vertraulich".

Lieber Karlheinz,
mit deinem Chef habe ich bereits gesprochen. Ihm wurden die dienstlichen Unterlagen übergeben.
Ich wende mich an dich, da ich weiß wie schwer wir es, in der Hetero-Macho Gesellschaft einer sportlichen Polizei Gruppe, haben. In dem Mordfall David Adams, der Untercover in Wien gearbeitet hat, werde ich dich mit allen mir zukommenden Informationen versorgen. Setze diese zu deinem Vorteil, als eigenes Ermittlungsergebnis ein. Die Drogenbarone haben leider auch in unseren Reihen ihre Spitzel. Daher behalte den Inhalt dieses Briefes für dich.
Wenn du einen Rat suchst, kannst du mich jederzeit anrufen. 02966-224411. Jedes Gespräch behandle ich vertraulich.
Herzliche Grüße
Martin, ein Freund.
PS. Die Bücher sollen dir Freude bereiten. Im Bericht befinden sich weitere Informationen, die dein Major nicht bekommen hat.

Marcus ist neugierig und liest den Brief, Karlheinz über die Schulter schauend, mit. „Klingt, als ob er ein Verehrer von dir ist", kichert er. „Wie schaut der Kerl aus?"

„Ich kenne ihn nicht. Was will er wirklich?" Karlheinz schaut seinen Freund an.

Marcus liest die Titel der Bücher. „Reformen der Polizei-organisation und Moderne Sicherheitssysteme. Das sind zwei interessante Werke."

„Will Martin mich zu einem Studium verleiten?" Karlheinz versinkt in Gedanken. „Moderne Sicherheitssysteme? Weiß er von dem Auftrag den ich für Dominik erledigte?"

„Komm machen wir uns einen vergnügten Abend", fordert Marcus. „Vergiss den Spinner."

„Du hast Recht. Ich frage mich, ob ich über diesen Blödsinn überhaupt mit Jürgen reden soll?"

„Erzähle es ihm auf jeden Fall. Du weißt nicht was man von dir will. Je früher du deinen Chef informierst, umso abgesicherter bist du."

„Du hast es erfasst. So wie der Auftrag deines Vaters. Da ich meine Vorgesetzten eingeweiht habe, ist alles glatt und in Ordnung gegangen."

„Papa ist, mit dem was du geliefert hast, sehr zufrieden. Wieso haben deine Kollegen keine Forderungen gestellt? Die haben doch die meiste Arbeit erledigt."

„Ja, ich habe Oberstleutnant Frank gefragt, was die Bank ihm schuldig ist? Er hat abgewinkt."

„Du warst über zwei Monate bei den Technikern. Hast du viel gelernt?"

„Hm, ja vor allem war es sehr hilfreich. Eigentlich habe ich nur hinein geschnuppert. Wenn's geht, will ich fortsetzen."

„Ich werde Papa fragen, ob er nicht einen zweiten Auftrag für dich hat. Er will auch, dass du dich weiter ausbildest."

„Nun habe ich zwei interessante Lehrbücher bekommen."

„Studiere sie. Wenn mich Papa in die Zentrale holt, will ich, dass du mit mir gehst."

„Du hast doch jetzt schon genug Neider. Du bist der jüngste Filialdirektor! Das nehmen dir einige übel."

„Wenn die Trottel wüssten, wie sehr ich sie beneide. Glaubst du, mir wurde vonPapa etwas geschenkt? Schau was sich auf meinem privaten Schreibtisch angehäuft hat. Nächst Woche muss ich schon wieder eine Prüfung ablegen."

„Du tust mir leid. Ich habe Dominik kennengelernt, als ich mit ihm, in der Bank Unterlagen eingesammelt habe. Da hat er mich auch herum gescheucht."

„Komm zu mir. Ich liebe dich."

„Ich liebe dich auch, deshalb will ich unabhängig bleiben."

„Ich habe mich immer bemüht Vaters Wünschen gerecht zu werden. Es ist manchmal sehr hart."

„Werde selbstbewusster. Ich helfe dir. Es ist nicht notwendig dass du wie dein Vater wirst."

„Aber Papa will doch, dass ich nach ihm die Bank leite. In den Vorstand komme."

„Willst du es?"

„Quäl mich nicht. Wenn du mit mir gehst will ich es machen."

„Ich werde es mir überlegen. Noch haben wir Zeit." Karlheinz seufzt. Er will Marcus helfen, doch will er auch unabhängig bleiben.

Jürgen berichtet seiner Gruppe, was er erfahren hat. Max ist noch bei ihnen, in der Abteilung für Gewaltdelikte. Er kommt am Morgen immer zuerst in seine Abteilung um anschließend, den Kollegen im Drogendezernat Jürgens Ermittlungsergebnisse mitzuteilen. Dort sammelt er die Neuigkeiten der Drogenfahnder ein, die er am folgenden Morgen Jürgen berichtet.

Karlheinz legt, als Jürgen fertig ist, Martins Brief und Schnellhefter auf den Konferenztisch. „Kannst du mir sagen, was ich damit machen soll?"

Jürgen liest den Brief. Max schaut über den Tisch hinüber und liest verkehrt mit.

„Dieser Martin ist im Innenministerium. Er will sich nicht outen. So sagte er es mir, gestern."

„Karlheinz hat einen Protegé", Max schüttelt lachend den Kopf.

„Darf ich auch wissen was los ist?", schmollt Gerlinde. „Die Berichte über die zwei Befragungen sind fertig."

„Ich mache eine Kopie des Briefes für deinen Personalakt und vermerke mit Datum, dass du ihn mir gezeigt hast. Warten wir, bis klar ist, was er wirklich will. Gestern hat er mir Unterlagen gebracht und erwähnt, dass er sich an dich wenden wird."

„Sollte Karlheinz nicht die Hotline benützen und ihn fragen was er tun soll?" Max lacht. Er kann sich über das komische Angebot nicht beruhigen.

„Nein abwarten. Und du Max behältst es auch für dich. Deine neuen Kollegen geht das nichts an. Wenn an dem was mir der Martin erzählte etwas wahr ist, dann haben wir genau dort wo du jetzt hingehst einen Maulwurf."

„Leutnant Erika vermutet, dass sich der Maulwurf im Bundeskriminalamt befindet und nicht hier im Haus. Sie spricht auch abfällig über Hauptmann Bruch."

„Leutnant Erika?" Gerlinde mokiert sich. „Hast mit ihr bereits Bruderschaft getrunken?"

„Natürlich, leider hat sie mich nicht geküsst."

„Schluss, lest jetzt jeder die Akte, die der Herr Martin mir gebracht hat. Du nimmst sie nur im Kopfe mit und setzt dein Wissen nur wenn's notwendig ist ein."

„Dreien der Dealer, die ermordet wurden, wurde die Kehle durchgeschnitten."

„Wie bei David?"

„Ob auf gleiche Art soll Doktor Müller feststellen", Max hofft, dass es eine Verbindung gibt um weiter in diese Richtung zu ermitteln.

„Gemeinsam mit Gerlinde sprach ich gestern noch mit Bruch. Wir wollten von ihm Informationen über Gym haben."

„Hat er euch was Interessantes erzählt?" Jürgen ist klar, was Karlheinz antwortet.

„Nein. Er meinte zu uns, es steht alles im Akt. Wir sollten ihn lesen."

„Karlheinz, schau dir mit Gerlinde auch noch die weiteren Herren an, die David besucht haben. Richard Kampel ein Baumaterialienhändler und Georg Musk Antiquitäten. Ergänzt das, was im Akt steht. Ich konnte bei allen vier Freunden nur Sexerlebnisse finden. Es weist nichts auf Drogen oder andere kriminelle Vorgänge hin."

„Es gibt noch diesen Schauspieler, den können wir auch befragen, obwohl er sicher nur eine Nebenperson ist", weist Karlheinz hin.

Jürgen holt tief Luft, wie jedes Mal, wenn einer seiner Leute nicht seiner Meinung ist. „Für uns gibt keine Nebenpersonen. Denke an den alten Mann der mit seinem Hund spazieren ging. War der auch eine Nebenperson?"

Karlheinz zieht schuldbewusst den Kopf ein. Damals hat er, mit Hilfe des alten Mannes den Fall geklärt.

Gerlinde lenkt ab. „Was ist mit dem Laptop, den Karlheinz gestern gebracht hat?"

„Der müsste schon geknackt sein. Weißt was? Karlheinz geh alleine zu den Männern und Gerlinde soll sich um den Laptop kümmern. Max du schau zu den Drogenschnüfflern und sag ihnen halt: Wir sind noch nicht weiter."

„Die Information, dass David Adams von Interpol ist, auch nicht?"

„Nein, das schon gar nicht. Ich bin ehrlich gesagt verwirrt. Da passt mir vieles nicht zusammen. Weist du an wen sich die Beamten von Interpol wenden, wenn ihnen einer ihrer Leute abhandenkommt?"

Sie schauen sich alle vier ratlos an. Es gibt viele Amtswege, die schon innerhalb der Republik nicht durchschaubar sind, die internationalen Informationsflüsse sind noch unklarer.

„Frag Claudius", schlägt Gerlinde Jürgen vor. „Er solls entscheiden und abklären."

„Ich werde mir was ausdenken."

Jürgen geht nachdem sich seine Mitarbeiter ihren Aufgaben widmen zu Oberst Brenner. „Claudius bei der Ermittlung über die Mülltonnenleiche sind wir auf Aktivitäten der Interpol gestoßen. Wie läuft es ab, wenn einer der Interpol-Beamten bei uns tätig wird?"

„Da darf keiner tätig werden. Wenn etwas anfällt, darf er uns besuchen und wir arbeiten ihm zu. Aktivitäten von Interpol? Du hast manchmal seltsame Ermittlungsergebnisse."

„Wenn etwas anfällt, an wendet er sich? Ans Ministerium oder an die Polizeidirektion?"

Claudius schaut Jürgen wie ein krankes Kind an. „In Europa wendet sich jede Abteilung direkt an die zuständige Abteilung in dem Land wo wir Amtshilfe brauchen", beginnt er betont langsam sprechend. „Herr Gott noch einmal. Du hast es doch schon oft genug gemacht! Was soll die blöde Fragerei?", schließt er schreiend ab.

„Hattest du schon einen Besucher von Interpol?", Jürgen setzt nach. Er will wissen was „Martin" mit David wirklich zu tun hatte.

Sekundenlanges Schnaufen ist die Antwort. Schließlich murrt Claudius: „Interpol arbeitet vom Schreibtisch. Sie sammeln weltweit Informationen und Verbrechen, leiten die Haftbefehle weiter geben Richtlinien heraus und unterstützen mit ihrer Datenbank. Einmal war ein Interpol-Kollege hier. Er hat sich mein Amt angesehen. Ich war mit ihm Essen und am Abend beim Heurigen. Reicht dir das endlich?"

„Nicht ganz. Ich hatte gestern einen Besucher aus dem Innenministerium."

„Interpol, Innenministerium? Mein Gott Jürgen. Wenn ich dich nicht kennen würde, würde ich dich jetzt zu unserem Psychologen schicken."

„Es gibt angeblich eine undichte Stelle. Ein Loch in unseren Reihen."

„Klar gibt es ein Loch, es gibt sogar mehrere Löcher. Man verlangen ja ständig von uns, dass wir uns immer mehr und mehr vernetzen."

Jürgen schaut ihn verständnislos an. „Ja?"

„Ein Netz ist die Aneinanderreihung von Löchern. Hast du noch nie ein Netz gesehen?"

Jürgen reicht es. Er verlässt den Oberst und geht nachdenklich in sein Büro zurück.

Karlheinz besucht den Antiquitätenhändler. Es ist ein kleines exquisites Geschäft in einer Seitengasse vom Graben. In der mit Panzerglas gesicherten Auslage stehen teure Einzelstücke.

„Guten Tag, Bezirksinspektor Wimmer. Ich ermittle im Todesfall David Adams."

„Ist er es wirklich? Ich habe von ihm ein Bild in der Zeitung gesehen."

„Ja, den Aufruf, ob ihn wer kennt. Weshalb haben Sie sich nicht gemeldet?"

„Ich kenne nur seinen Vornamen. Außerdem ist es Gustavs Aufgabe. Er soll sich um seine Mieter kümmern. Komm doch weiter in mein Büro. Willst einen Kaffee?"

Karlheinz folgt ihm in das im Wiener Barock eingerichtete Büro. Eine wuchtige große Sitzgarnitur, ein breites Sofa und ein filigraner Damenschreibtisch werden von einem großen Perserteppich und echten Gemälden ergänzt.

„Danke, einen Kaffee ohne Zucker. Sie waren mehrmals bei ihm. War David auch hier bei Ihnen?"

„Oh ja, er ist, war sehr gebildet. Seine Kenntnisse über die byzantinische Kunst sind beeindruckend", schwärmt Georg.

„Mit Rauschgift hat er sich ja auch gut ausgekannt", Karlheinz versucht zu provozieren.

„Nein, das glaube ich nicht. Alles was wir uns gemeinsam gegönnt haben, war hin und wieder ein Glas Wein."

„Hatten Sie einmal an der Grenze Probleme?"

„Was meinen Sie? Mehr als den üblichen Papierkram wegen der alten Kunstwerke gab's nichts. Meine Cousine kennt sich da bestens aus. Ich kaufe die Exponate nur ein, meist in der Türkei. Die Spedition zu beauftragen und die Abwicklung am Zoll überlasse ich ihr."

Karlheinz überlegt, dann wagt er es doch. „Drogen aus der Türkei waren nie dabei?"

„Mein lieber Junge. Du bist ja sehr nett und deinen Freund würde ich glatt vernaschen, doch wenn du glaubst, ich gestehe dir der Mafiachef des Drogenhandels zu sein, dann irrst du dich." Kopfschüttelnd wendet sich Georg ab, um demonstrativ eine Heiligenfigur aus dem 15. Jhd. zu betrachten.

„Wir kennen uns?", Karlheinz kann sich nicht erinnern.

„Ja, im Dezember habe ich euch in Gustavs Wellnessklub gesehen. Glaubst du etwa, ich hätte einem Fremden gegenüber zugegeben, dass ich dort verkehre?"

„Warum nicht? Für einen Kunsthändler ist das doch eher eine Empfehlung."

„Vielleicht ist es leichter als für einen Polizisten, doch auch meine Kunden reagieren oft sehr komisch."

„Hat David dich vielleicht erpresst?"

„Auch das nicht. Ich habe kein Motiv. Das der schöne Bursche tot ist, tut mir sogar weh. Er war hier um seinen Bruder zu finden, der ist vor Jahren in Wien verschwunden."

„David Adams soll von der kanadischen Drogenfahndung sein."

„Blödsinn!", brüllt Georg lachend auf. „David hat studiert. Er war an der Philologischen-Kulturwissenschaftlichen Fakultät eingeschrieben. Dort hat er im orientalischen Institut auch freiberuflich gearbeitet."

Karlheinz staunt mit offenem Mund. Das ist doch ein komplett anderes Bild. Wenn er nicht vor zwei Stunden Martins Akte gelesen hätte. „Bist du sicher? Wie hat er seinen Aufenthalt finanziert?"

„Also du bist doch blöder, als die Polizei erlaubt. Glaubst du, dass er mit mir, einen Mann der um dreißig Jahre älter ist, aus reiner Liebe ins Bett ging?"

„Natürlich..., sicher...", stammelt Karlheinz. „Gustavs Haus ist ja ein Bordell."

„Na also", wie einem Schüler dem er Nachhilfe gibt. „David hatte neben mir, noch drei oder vier andere Stammkunden. Doch einmal habe ich ihn mit einem gleichalten Muskelprotz erwischt."

„Wie war David?"

„David vielseitig, eben professionell. Der Muskelprotz, ich glaube er heißt Ludwig, hat ihn ordentlich hergenommen. Ein schönes Bild." Georg ist auch gerne als Voyeur im Bad.

„Ludwig?", haucht Karlheinz aufgeregt. „Der hat behauptet, er kennt David nicht."

„Ja, so sind die jungen Burschen. Sie schauen sich ihre Partner nicht einmal mehr an. Hauptsache sie finden Befriedigung. Früher haben wir zwar auch nicht nach dem Namen gefragt, aber genau gewusst wie der Geliebte ausschaut."

„Einer von Davids anderen Freier war ein Martin. Kennst du Martin?"

Leise kichernd senkt Georg seinen Kopf auf die Brust. „Martin ist immer sehr zurückhaltend. Einmal ist er mit Kapuze ins

Schwimmbecken gestiegen. Horst hat ihm zugerufen, du brauchst keine Kapuze. Hier erkennt dich jeder sowieso an den Schenkeln und dem was dazwischen hängt."

„Er wird berufliche Gründe haben."

„Möglich, er ist angeblich im Innenministerium tätig. Man munkelt in oberster Etage. Ich glaube wenn, dann ist er eher im Keller tätig." Georg schüttelt sich vor Lachen. „Noch einen Kaffee?"

Karlheinz hat den Kaffee ausgetrunken und nickt um einen Zweiten zu erhalten.

„Weißt du ob David erfolgreich war und etwas über seinen Bruder herausbekommen hat?"

„Ich bin mir nicht sicher. Einmal meinte er traurig, dass sein Bruder tot ist und er ahnt wer ihn umgebracht hat."

„Hat er gesagt wer?"

„Nein, er hat kaum über die Sache gesprochen. Anfangs wollte er von mir wissen, ob ich Albert gekannt habe."

„Hast du ihn gekannt?"

„Flüchtig. Vor Jahren bin ich noch in die Sauna in der Stadt gegangen. Bei der Mister Regenbogen Wahl, ein toller Wirbel damals, habe ich für Albert gestimmt."

„War Albert auch so schön?"

„Er war kühl und berechnend. Ich habe ihn kaum gesprochen. Für ihn war ich uninteressant."

„Du schaust doch gut aus. Was hat Albert den gesucht?"

„Du bist süß. Albert hatte einen orientalischen Geschmack. Dick und schwabbelig, das waren seine Partner."

„Meine Kollegin hat von einem Pater erfahren, dass Albert mit Drogen handelte. Weißt du etwas darüber?"

„Das kann sein. Vor vier Jahren konnte man in der Sauna, alles bekommen was verboten ist. Die jungen Burschen haben sich das Zeug gegenseitig zugesteckt, doch richtige Händler waren sie alle nicht."

„Ich muss jetzt gehen. Ein weiterer Kunde des schönen David werde ich noch befragen."

„Darf ich wissen wen?"

„Hm, ja, warum nicht? Richard Kampel."
„Da solltest du vorsichtig sein. Richard ist mit einer Frau ver-
heiratet. David hat einmal geblödelt und gemeint er erzählt es
Richards Frau. Hu, da ist Richard mit dunkelrotem Kopf
hochgegangen."
„Ich werde ihn unter vier Augen interviewen. Danke für deine
Hilfe. Bis zum nächsten Mal."
„Hoffentlich bald. Du gefällst mir. Tschüss."
Karlheinz entfernt sich lachend.

Es ist ein kleiner Baumarkt. Hier holen sich die Bauherren die
alte Gemäuer restaurieren ihr Material. Spezielle Lehme, alte
Tonziegel, bunte Klinker, glasierte Rohre und viele andere in
den Großmärkten nicht erhältliche Produkte sind in der großen
hellen Halle ausgestellt. Einer der Verkäufer springt Karlheinz, als er eintritt an. „Ich helfe Ihnen. Was suchen Sie?"
„Herrn Kampel, ich will ihn persönlich sprechen."
„Wenn es eine Reklamation ist, bringen Sie es bei mir an. Ich
werde Ihnen sehr entgegenkommen."
„Es ist keine Reklamation sondern wirklich eine persönliche
Angelegenheit."
Enttäuscht meint der Verkäufer: „Ach, wenn Sie rechts hinten
die große Freitreppe hochgehen da finden sie hinter der Glas-
wand das Büro. Ich weiß aber nicht, ob der Chef da ist."
„Danke, das werde ich herausbekommen." Karlheinz folgt
dem angegebenen Weg und tritt in das Büro.
Eine 50-Jährige verhärmte Frau mit fahlem glatten Haar und
grauer Gesichtsfarbe schaut ihn fast wütend an. „Haben Sie
nicht gefunden was Sie suchen?"
„So ist es. Ich suche Herrn Kampel."
„Der ist nicht hier. Worum geht's?"
„Wo finde ich ihn? Ich habe ein paar persönliche Frage an
ihn."
„Persönliches? Das können Sie ruhig auch mich fragen. Ich
bin seine Frau."

Karlheinz denkt sich rasch etwas aus. „Sie wissen, wo sich Ihr Mann am Montag um fünfzehn Uhr befand. Angeblich hat er da eine Frau angefahren."

„Was? Wer sind Sie?"

„Bezirksinspektor Wimmer, Kriminalpolizei." Karlheinz zeigt seine Dienstmarke.

„Am Montag?", sie schaut auf einen Kalender. „Da war er wirklich unterwegs", staunt sie. „Wo soll das gewesen sein?"

„Es tut mir leid, aber dazu brauche ich die Aussage Ihres Mannes. Er muss auch das Protokoll unterschreiben. Wo finde ich ihn jetzt?"

„Er ist nur zur Bank. Meist geht er anschließend ins Café Windhaag."

Karlheinz denkt noch: zuerst in die Bank oder ins Kaffee?

„Danke ich werde ins Stadtzentrum fahren. Sollte ich ihn verfehlen, soll er mich anrufen." Karlheinz gibt der Xanthippe seine Karte und schaut, dass er wegkommt. Wenn der Arme mit der verheiratet ist, darf man sich nicht wundern, wenn er schwul wurde.

Im Café fragt er den Ober, „ist Herr Kampel hier?"

„Ja dort drüben sitzt er." Der Ober zeigt auf einen kleinen runden Tisch an dem ein rundlicher Glatzkopf sitzt. Eine der großen internationalen Zeitungen verdeckt es, sodass Karlheinz erst beim Näherkommen das freundliche Gesicht des Mannes erkennt.

„Guten Tag. Bezirksinspektor Wimmer Kriminalpolizei. Darf ich mich setzen?"

„Setzen Sie sich. Was kann ich für Sie tun?"

„Es geht um den Tod von David Adams."

„Den kenne ich nicht. Tut mir leid, darüber ich kann Ihnen keine Auskünfte geben." Mit einem charmanten Lächeln, die Zeitung wieder hochhebend, hält Kampel das Gespräch für beendet.

„Ich kann Sie auch zu uns ins Landeskriminalamt vorladen oder Sie in der Firma, im Beisein Ihrer Gattin, über Ihre Besuche in der Hinterbrühl befragen." Karlheinz setzt sich, um beim Ober, der sich dem Tisch nähert, einen Cappuccino zu bestellen.

Diesmal legt Kampel die Zeitung ganz zur Seite. „Was wissen Sie über meine Besuche?"

„Mein Bericht ist vertraulich. Solange Sie mir die gewünschte Auskunft geben. Sollte aber irgendetwas nicht der Wahrheit entsprechen, bekommen wir es sicher heraus und müssten dann offener nachstoßen." Karlheinz spricht ruhig und freundlich. Die Pille die er Kampel verabreicht, ist Drohung genug.

Kampel versteht und nickt. „Was wollen Sie von mir wissen?"

„Wann und wo haben Sie David kennengelernt?"

„Nun wo, wissen Sie. Das war vor einer Woche. Da hat er mich an der Bar umarmt."

„Was hat er mit Ihnen gesprochen?"

„Gesprochen? Nichts, wir sind gleich auf sein Zimmer." Karlheinz schaut von unten her zweifelnd Kampel an. „Nicht einmal den Preis habt ihr vereinbart?"

„Nein, ich habe ihm bevor ich ging, ein paar Scheine auf das Tischchen neben der Türe gelegt. Er nickte nur, da bin ich gegangen."

„Das war wirklich alles? Kein zweites Mal?"

„David war mir etwas unheimlich. Es war von ihm ein so hungriges Nehmen. Ich kann es nicht beschreiben, es fehlte mir etwas."

„Angeblich suchte er seinen Bruder. Hat er das erwähnt?"

„Nein, wirklich nicht. Wir haben, wie ich schon sagte, nicht miteinander geredet."

„Woher bekommen Sie Ihre Ware?"

„Was hat das jetzt damit zu tun?" Kampel wird ungeduldig.

Karlheinz ist ebenfalls ungeduldig. Er kann die Behauptung, Kampel hat mit David nichts gesprochen, nicht glauben. In Martins Akt steht einiges über Richard. „Antworten Sie mir bitte?"

„Größtenteils aus Österreich, Wien und Burgenland, und aus Ungarn. Dort lassen österreichische Firmen die speziellen Baustoffe günstig herstellen."

„Was ist mit den Lieferungen aus Kroatien und Serbien? Eine Ihrer Sendungen wurde knapp vor Graz untersucht."

„Das ist mir nicht bekannt. Was sollte ich denn aus Serbien bekommen haben? Da muss ich meine Frau fragen. Sie ist für den Papierkram und die Speditionen zuständig."

„Sie kümmern sich nicht um den Einkauf?"

„Doch die Bestellungen mache ich beim Liefeanten. Aber ich war noch nie in Serbien. In Kroatien war ich nie geschäftlich, nur im Urlaub in Split."

„Ach ja. Ihrer Frau habe ich etwas von einer angefahrenen Frau erzählt. Sagen Sie ihr, es war nichts."

„Danke. Ich gebe Ihnen meine Handynummer, falls Sie noch weitere Fragen haben. Meine Gattin braucht's nicht wissen."

„In Ordnung. Auf Wiedersehen."

Gerlinde bekommt den Laptop von der Technik.

„Das Kennwort ist Hasenpfote. Manche Codes sind einfach zu knacken", meint die Kollegin die das Gerät bringt.

„Danke, Hauptsache ich komme an alle Dateien ran."

Sie schaut und schaut, öffnet Datei für Datei, doch außer den Sexvideos und Fotos befinden sich nur belanglose Mails auf der Festplatte.

„Jürgen, der Laptop bringt uns auch nicht weiter. Wenn David polizeilich interessante Informationen hatte, hat er sie extra woanders gespeichert."

„Verstehe. Es ist also der gleiche Mist wie Martins Akte."
Jürgen zweifelt immer mehr. Der Bursche war kein Polizist.

„Trotzdem fehlen mir seine Erkenntnisse über seinen Bruder, denn dass David nach Albert gesucht hat ist sicher. Auch dass er einiges herausbekommen hat ist anzunehmen, denn weshalb sonst wurde er ermordet?"

„Warten wir was Karlheinz bei den verdächtigen Partnern herausbekommt." Gerlinde hofft auf einen Hinweis aus der Szene.

Karlheinz ruft Gerlinde an. „Wann fliegen die Maschinen nach Belgrad ab?"
Gerlinde schaut rasch nach. „Jetzt um dreizehn Uhr zehn. Willst du den Konsul nochmals sprechen?"
„Ja, im Akt steht doch, dass er mit einem großen hellbraunen Koffer reist."
„Du darfst nicht in seinen Koffer reinschauen. Es sei denn, er erlaubt es dir."
„Ich werde ihn fragen."
„Na, viel Glück." Gerlinde schüttelt den Kopf. Was erwartet sich Karlheinz?

In der großen Abfertigungshalle trifft Karlheinz den Konsul. Radoslav grinst ihm breit, seinen Kopf schüttelnd entgegen.
„Grüß Gott Herr Konsul", strahlt ihn Karlheinz kumpelhafte Freundlichkeit versprühend an.
„Wollen Sie mein Gepäck durchsuchen, ob ich die unverkauften Drogen wieder mit Heim nehme?", spöttelt Serge.
„Natürlich bin ich neugierig. David hat auf seinem Computer etwas von einem Besucher geschrieben. Der soll immer, wenn Sie in Schwechat landen auf Sie gewartet haben."
„Ich werde immer wenn ich ankomme von meinem Chauffeur erwartet. Wären Sie früher gekommen hätten Sie gesehen wie ich mich von ihm verabschiedete. Zufrieden", setzt er maliziös nach.
„Ja, sehr zufrieden. Das Bild wird immer deutlicher."
Radoslav wird nachdenklich, „was meinen Sie?"
„Sie wollten doch erst am Freitag reisen?"
„In meinem Beruf kann man nie genau sagen, wann man wohin reist." Radoslav schaut demonstrativ auf seine Armbanduhr. „Ich muss zum Terminal."

„Natürlich. Ich wünsche Ihnen einen schönen Flug."
Der schöne 43-Jährige Mann dreht sich nochmals nach Karl-heinz um. „Ach, gib meiner Sekretärin im Konsulat deine Handynummer. Wenn ich zurückkomme, rufe ich dich an. Du gefällst mir", ruft er schon einige Meter entfernt.
Karlheinz winkt ihm nach und denkt, der Sekretärin gebe ich meine Nummer. Wer weiß wozu es gut ist.

Max wurde von seinen Kollegen des Drogendezernats nicht eingeweiht. Deshalb überrascht es ihn, rundherum nur saure Gesichter zu sehen. Major Korona läuft wütend durch den großen Saal, in dem seine Mitarbeiter um einen langen Tisch sitzen.
Max irritierte es anfangs, so Sitz an Sitz die Schreibarbeiten in einem Großraumbüro zu verrichten. Langsam findet er es enorm praktisch, wenn man seine Unterlagen nur zur Seite oder über den Tisch zum Gegenüber schupfen braucht.
„Ist etwas passiert?", will er von Erika, die links von ihm sitzt wissen.
„Ja, das übliche. Wir haben eine Sendung mit Maschinenteilen für die Classen GmbH kontrolliert. Nichts. Entweder war die Information falsch oder wir wurden verraten."
„Wer wusste davon?" Max findet, wenn nur wenige Kollegen über den Einsatz wussten, muss es doch leicht sein das Loch einzugrenzen.
„Das wird gerade überprüft. Bist du schon weiter, was die Morde betrifft?"
„Ja, es ist relativ einfach. Die Handschrift des Killers Joshua, so ist sein Deckname, ist eindeutig. Er ist Linkshänder, kommt von hinten und umklammert mit der Rechten sein Opfer und hält es an der Brust fest. Dann zieht mit der linken Hand das Messer vorne dem Opfer durch den Hals. Er ist auch früher schon aufgefallen. Die Bayern haben, nachdem ich mich mit ihnen in Verbindung setzte, auch schon eine Übereinstimmung gefunden. In Hamburg gelang es der Polizei seine DNA fest-

zustellen. Zwei der Namen die er laufend benützte wurden ermittelt. Manchmal reiste er als Niederländer und dann als Däne."

„Du bist spitze", Erika staunt: Schon nach einem Tag weiß der Kollege, wer der mutmaßliche Mörder ist.

„Ich hoffe nur, dass das DNA von ihm gut genug ist um ihn festzunehmen, sobald wir die Spuren auch bei uns auffinden."

„Weiß es Major Korona schon?"

„Nein, er scheint mir nicht ansprechbar zu sein."

„Hast recht", flüstert Erika. Korona geht gerade hinter ihnen vorbei. Sein Blick, den er Max zuwirft, ist eher gehässig.

Max spürt den Blick. Er dreht sich mit dem Bürostuhl rasch um und meint freundlich, „Ich bin nicht das Leck. Warum haben Sie mich nicht eingeweiht?"

Korona ist überrascht. Er ist es nicht gewohnt, dass ihn ein Untergebener so direkt angeht. „Oh, sicher wollte ich Sie, na wursch, es haben drei davon gewusst. Das war noch immer einer Zuviel."

„War die Wega dabei?"

„Nein die Cobra, die habe ich über das Innenministerium angefordert."

Max grinst Korona nur breit an.

„Verdammt! Ich habe zwar nicht gesagt worum es geht, doch der Ort war natürlich bekannt." Tief aufatmend zieht sich der Abteilungsleiter in sein Büro zurück.

„Wir hier halten uns streng an die Hierarchie. Das scheint in eurer Abteilung nicht so zu sein", stellt Erika fest.

„Nein wir sind eine kleine Gruppe. Für Jürgen unseren Chef sind wir eine Familie."

„Wahrscheinlich deshalb. Wir sind über zwanzig Leute."

„Bei der Sitte hatte ich auch Probleme. Dort kämpfte jeder gegen jeden."

„Bei uns ist es sonst auch sehr kollegial. Seit wir ständig ins Leere arbeiten, ist die Stimmung auf einem Tiefpunkt. Ich verstehe Major Koronas Misstrauen. Wem kann der Arme Kerl wirklich vertrauen?"

Max widmet sich wieder den Mordfällen. Er überprüft die Akte und findet in zwei Fällen die von der Spurensicherung gesicherte DNA-Spuren. Er veranlasst dass diese im Labor mit den Hamburger Spuren zu verglichen werden.

Von der Meldestelle fordert Max die Namen aller Dänen und Hollländer an, die im fraglichen Zeitraum an oder abgemeldet wurden. Die umfangreiche Liste, die er nach zwei Stunden erhält dämpft allerdings seine Euphorie. Auf zu Gerlinde das schaffe ich nicht alleine, ist sein erster Gedanke.

Gerlinde ist noch immer damit beschäftigt, Martins vier Akte mit den Daten aus dem Laptop zu vergleichen. Wenn auch in beiden fast die gleichen Informationen stehen, gibt es einige verwirrende Abweichungen. Die vier Liebhaber werden verbal belastet, ohne dass es schlüssige Beweise gibt. Die Tipps über Lieferungen, die vom Zoll kontrolliert wurden finden keine Bestätigung im Polizeicomputer. Nur eine beschlagnahmte Sendung von 20 kg reinem Morphium hat sich in einem LKW, mit Baumaterialien an Richard Kampel, befunden. Der Fahrer hat gestanden. Die Ware hat er in Zagreb, für einen Freund in Graz, mitgenommen. Der angebliche Freund konnte nicht ausgeforscht werden.

Da stört Gerlinde Max. „Hilf mir bitte. Ich bekam hier eine umfangreiche Liste. Kannst du sie mir abgleichen und die Daten eingrenzen."

Gerlinde lacht, „abgleichen, eingrenzen? Was willst du? Sag mir, worum es geht?"

Max erklärt ihr, was die Hamburger über einen Profikiller ermittelt haben und wie er nun hofft, ihn mit diesen Daten in Wien aufzuspüren.

„Joshua? Was für ein toller Deckname." Kopfschüttelnd steckt Gerlinde den Stick mit den Hamburger Informationen und der Liste der Hotelanmeldungen in ihren PC.

„Was ist an dem Namen so seltsam, dass du dich vor Lachen nicht halten kannst?"

„Hebräisch bedeutet der Name, Rettung und Hilfe. Wem hilft oder wen rettet ein Killer? Du musst nicht hier warten. Ich brauche einige Zeit, um etwas zu finden."

„Danke ich gehe wieder zurück an meinen Arbeitsplatz", murrt Max, der über die Situation unglücklich ist. Vor allem da er mit Major Korona nicht richtig klar kommt.

„Warte da ist noch ein Brief für dich gekommen."

Max schaut auf seinen Schreibtisch und öffnet den dicken an ihn persönlich gerichteten Brief. Absender ist Helene Schulz, Chefin der Detektei Guckloch.

Sehr geehrter Herr Oberleutnant,
nochmals vielen Dank, dass Sie unsere Ungeschicklichkeit nicht an die große Glocke hängten. Im Anhang ein Bericht, der im Zuge einer Eheermittlung gefertigt wurde. Ermittlungen die für mich etwas irritierend, aber vielleicht für Sie interessant, sind.
Herzliche Grüße Ihre Helene.

Max erinnert sich. Er hat als eine übereifrige Detektivin der Detektei Guckloch, Marcus Wohnung verwanzte, die Helene belasteten Unterlagen beschlagnahmt und nicht als Beweis an den Staatsanwalt weiter geleitet. Inzwischen hat Max den Vorfall vergessen. Der Stick und der Schnellhefter befindet sich noch immer bei ihm im Schreibtisch.

Der eine Bericht den Helene ihm schickte, zeigt einen Peter Smuhl der eine Dame am Flughafen küsst. Die junge Dame gibt sich als Gattin eines älteren Sektionschefs aus. Smuhl ist in keinem Hotel abgestiegen und zog auch nicht zu der Dame. Er verschwand spurlos.

Der zweite Bericht zeigt den gleichen Mann, als Peter Horen der wieder die Dame küsst. Diesmal ist der Detektiv, Peter bis nach Dornbach gefolgt, dort hat er ihn verloren. Der Name der

Dame Caroline Fürst sagt Max nichts. Gerd Bruch war der Auftraggeber der Überwachung. Als Max Bruch liest, wird er stutzig. Wieso beauftragt Hauptmann Bruch eine Detektei? Für wen arbeitet der Hauptmann aus dem Bundeskriminalamt? Max legt einen frischen Akt an und legt ihn Jürgen, mit einem roten Punkt gekennzeichnet, in die Informationsablage.

Gerlinde jubelt, sie ist in ihrem Element. Bald hatt sie ein Muster gefunden. In Hamburg war im Dezember ein Niederländer Jansen zwei Nächte gemeldet. Ein Mord! In Wien im Jänner ein Niederländer De Jong zwei Tage, aber nicht im Hotel gemeldet. Ein Mord! Im Februar ein Niederländer Vries zwei Nächte. Ein Mord! Jeder der Morde fand in der Nacht zum zweiten Tag statt. Danach reiste am morgen der Niederländer ab.
In Hamburg war im November der Däne Hansen zwei Nächte gemeldet. Ein Mord! Und vor zehn Tagen in Wien ein Däne Horen wieder zwei Tage ohne Hotelanmeldung. Das gleiche Muster. Gerlinde fällt auf, dass als Vorname jedes Mal Peter, sowohl beim Dänen als auch beim Niederländer, angegeben wird.
Gerlinde gibt nun die Namen und die Ankunftstage in die Flugmeldungen ein. Der Killer kam immer aus Frankfurt und die nächste Information ergibt, dorthin ist er auch jedes Mal wieder hin.
Zu blöd, denkt Gerlinde. In Frankfurt ist er wahrscheinlich nur umgestiegen. Trotzdem mailt Gerlinde an eine befreundete Kollegin der Frankfurter Kriminalpolizei ihre Ergebnisse.
Die ruft prompt zurück. „Hallo Gerlinde suchst du Joshua?"
„Woher weißt du den Decknamen?"
„Nun die Idee hatten schon unsere Hamburger. Auch von dort ist Joshua immer nach Frankfurt abgeflogen. Sie haben mir aber nur die Namen Jansen und Hansen angegeben."

„Ja nun hast du mehrere Namen. Der Kerl kann doch nicht Unmengen an Pässen besitzen. Beachte, dass ein Niederländer in der Regel Pieter und nicht Peter heißt."

„Oh, ihr Wiener", jubelt Margarete auf. „Ich suche alle niederländischen Fluggäste mit dem Vornamen Peter. Du bekommst als erste Bescheid."

„Danke Maggy", Gerlinde ist sicher, bald bekommt sie eine Nachricht.

Das Zwischenergebnis legt sie als Bericht Max auf den Tisch. Der kommt oft noch bevor er Schluss macht in seinem Büro vorbei.

Karlheinz sucht den Schauspieler zuerst in seiner Wohnung.

„Den finden Sie jetzt in der Josefstadt", teilt ihm der Nachbar mit.

„Danke", Karlheinz eilt ins Theater.

„Ich will zu Paul Fröhlich. Wo finde ich ihn?"

„Wer sind Sie?", die Frage begleitet ein freundlicher, doch auch vorwurfsvoller Blick, des Pförtners.

„Bezirksinspektor Wimmer, Kriminalpolizei. Es handelt sich um eine persönliche Befragung in einem Delikt." Karlheinz zeigt seine Marke.

„So, so, der schöne Paul. Sie finden ihn den Gang lang im Gruppenschminkraum. Er redet dort nur herum. Rolle hat er heute keine."

Karlheinz geht in den von Nebenrollenspielern überfüllten Raum. Gerade wird Fröhlich raus geschmissen. „Paul geh doch endlich. Wir haben hier eh keinen Platz."

Wer Paul ist, braucht der gerade eintretende Karlheinz nicht zu fragen. Mit schwingenden Hüften, einem Schmollmund und affektiert flatternden Händen fällt Paul Karlheinz in die Arme.

„Ach da gehe ich gerne raus", schmachtet Karlheinz der 30-Jährige an.

Karlheinz ist überrascht. Er hat sich Fröhlich wesentlich älter vorgestellt. Er packt ihn und zerrt ihn raus auf den Gang. „Ich muss mit Ihnen reden."

„Was immer du willst, ich folge dir", himmelt mit einem koketten Augenaufschlag, einer Diva würdig, Paul den kräftigen jungen Mann an.

„Es geht um David Adams, für den Sie sich sogar outen würden", Karlheinz muss schmunzeln. Welchen Mut wird Paul dazu benötigen?

Mit einem Schlag ändert sich Paul Verhalten. Er schaut Karlheinz desillusioniert an. „Ist er wirklich tot? Man hat darüber gesprochen."

„Wer spricht davon?" Karlheinz kennt die Presseaussagen, jedoch wurde bisher noch kein Name veröffentlicht.

„Im Kurbetrieb. Ich wollte David gestern sprechen. Er war mir gegenüber nicht so hochnäsig wie die anderen Männer."

„Na, wenn man für Sex bezahlt", Karlheinz grinst den nicht gerade attraktiven Mann spöttisch an.

„Ich habe nichts bezahlt. Das kann ich mir auch nicht leisten. Mit David habe ich nur geplaudert. Er hat vieles verstanden. Als ich ihm von meiner Vorliebe für alte griechische Dramen erzählte, ist er sichtlich aufgeblüht."

Karlheinz ist der Spott vergangen. „Wenn Sie nicht zahlen können, was machen Sie bei Gustav?"

Paul rinnen ein paar Tränen runter. „Es gibt manchmal welche, die es mit mir aus Liebe machen. Die Stricher sind nur eine ganz kleine Gruppe. David hatte von seinen Eltern genug Geld bekommen. Der hat es meist aus Liebe getan."

„Ach, aber nicht mit dir?"

„Nein, da hat er sich die Kräftigen ausgesucht. Ludwig vom Buffet zum Beispiel. In den war er richtig verliebt."

Schon wieder Ludwig. Den Kerl knöpfe ich mir vor, denkt Karlheinz.

„Was hat David in Wien gemacht?"

„Ich glaube studiert. Sonst was wir alle machen, einen Mann gesucht."

„Na, da hatte er wohl kein Problem. Er wird genug gefunden haben."

„Du irrst und bist überheblich, wie die meisten schönen Kerle. Er hat sich bei mir ausgeweint, weil ihn all die Kerle nur benützen."

„Ich bin nicht überheblich. Man muss natürlich immer auch Abstriche machen, wenn es mit einem Partner klappen soll."

„Hast du einen Partner?"

„Ja, das habe ich. Wir sind meist einer Meinung."

Paul schaut Karlheinz wehmütig an. „Wenn man so wie du ausschaut, ist es leichter. Ich kann nicht anders, ich bin schwindlig, so wie ich bin."

„Such dir einen, der so wie du ist", empfiehlt Karlheinz dem Unglücklichen.

„Wie denn? Ich mag mich doch selbst nicht."

„Na auf Wiedersehen", Karlheinz verabschiedet sich.

Am Abend meint Karlheinz zu Marcus, „ich will Ludwig die Leviten lesen. Begleitest du mich?"

„Ich rufe an und frag wo wir ihn finden", Marcus schmiegt sich schmollend an Karlheinz. „Immer deine Mörder. Willst du Ludwig verhaften?"

„Nein. Denn dann müsste ich Justus Ersatz leisten und das würdest du nicht zulassen."

Marcus telefoniert. Nach längeren Diskussionen am Telefon schreit er in die Küche rein, „wir müssen in die Hinterbrühl. Eine Donnerstagsfete ist angesagt."

Karlheinz räumt gerade das Geschirr in die Spülmaschine. „Wenn ich das früher gewusst hätte, wären wir gleich zum Essen hinausgefahren."

„Du hast mich ja nicht rechtzeitig informiert. Wenn du bei deinem Chef auch so nachlässig bist, wirst du nicht weit kommen."

Karlheinz überlegt. Wenn Ludwig am Buffet steht, während eine wilde Party läuft, kann er ihm nicht das sagen, was er vorhat. „Weißt du was, wir bleiben hier. Ich suche Ludwig morgen in der Früh auf. Da erfahre ich mehr."

„Bei ihm zuhause, von mir aus. Fahre ja nicht hinaus in die Hintebrühl", knurrt Marcus.

„Natürlich nicht und auch heute bleiben wir zu Hause."

„Hast du Angst dass ich mich bei der Donnerstagsfete gehen lasse?"

„Genau. Mir ist es lieber wenn du dich bei mir gehen lässt."

5 Freitag

Max wird zu Major Korona gerufen. „Setzen Sie sich bitte. Leutnant Abel hat mir von Ihrem Erfolg berichtet. Weshalb gaben Sie mir keinen Bericht?"

„Wir sind noch nicht zusammen gekommen und ich habe zur Abklärung der Aufenthaltszeiten meine Kollegin Frauling gebeten. Sobald ich näheres weiß, rühre ich mich bei Ihnen."

Korona schaut Max vorwurfsvoll an. Man merkt, wie er mit sich kämpft. Soll er den Vorgesetzten raushängen oder milde auf mehr Zusammenarbeit setzen? „Frau Leutnant Erika Abel ist, solange Sie hier sind, Ihre Kollegin. Haben Sie mit ihr ein Problem?"

„Nein, wir verstehen uns prächtig. Aber ich brauchte einen Spezialisten für Flugtermine und Hotelbuchungen."

„Das haben wir auch in dieser Abteilung. Sagen Sie es bitte zuerst Frau Abel, die weiß, wer bei uns zuständig ist."

„Das mache ich gerne. Es herrschte nur gestern ein großer Wirbel."

„Da haben Sie recht. Es war gestern ein ungünstiger Tag. Ich verstehe auch, dass Sie mir nicht vertrauen, nachdem Sie das Gefühl haben mussten, ich vertraue Ihnen nicht." Korona hat sich endgültig entschieden. Mit Max fährt er auf kollegialer vertraulicher Basis besser.

„Dass Sie mich nicht vorher über den Cobra-Einsatz eingeweiht haben, finde ich richtig, doch danach bin ich weiter wie die Kuh vorm neuen Tor gestanden."

„Da ging es Ihnen besser als mir. Ich bin komplett daneben gestanden."

Max muss schmunzeln, „es gibt zwischen dem Mord in der Mülltonne und den drei eliminierten Drogenhändlern eine Übereinstimmung. Der Killer heißt Joshua. Was mir fehlt, ist sein Auftraggeber."

„Na, den Killer haben wir wohl auch nicht."

„Wir sind ihm ganz nahe. Deshalb habe ich den Fall mit der Abteilung für Gewaltdelikte bearbeitet."

„Pospischil hat also mehr? Ich werde mit ihm sprechen. Danke Herr Oberleutnant."

Max steht auf, das Gespräch ist beendet.

Karlheinz ruft von unterwegs Gerlinde an. „Ich bin bei einem Zeugen, den ich aus dem Bett holte."

Wild und lange läutet Karlheinz an der Türe. Murrend öffnet Justus. „Was fällt dir ein? Weißt du, wie spät es ist? Wir haben bis drei Uhr gearbeitet."

„Das weiß ich, genau deshalb bin ich hier. Wo ist Ludwig? Der muss mir einiges erklären."

Justus schaut verwundert Karlheinz an, „du bist dienstlich hier. Ludwig hat doch nichts getan."

„Doch, das hat er. Da drüben ist doch euer Schlafzimmer?" Karlheinz geht einfach darauf zu und hinein.

Ludwig dreht sich verschlafen um. Noch mürrischer als sein Freund richtet er sich auf. „Was willst du Bulle", faucht er.

„Wissen was du mit David hattest. Diesen David, den du angeblich nicht kennst."

Ludwig lispelt mit zittriger Stimme. „David, David, ich kenne keinen David",

Karlheinz spürt wie in dem Muskelprotz vor ihm im Bett die Angst hoch kriecht. „Es gibt mehrere Zeugen. Entweder du erzählst mir jetzt alles oder ich nehme dich mit."

„Wer hat es dir gesagt? Julius glaube mir bitte, da war nichts Ernstes."

Da begreift Karlheinz, mehr als vor ihm, hat Ludwig Angst vor Justus. „Das hilft dir nichts. Justus weiß was du für ein Hallodri bist. Jetzt geht es um Mord, an dem du dich beteiligt hast."

„Bei uns hat es keinen Mord gegeben. Ich habe einen Auftrag ausgeführt."

„Was für einen Auftrag?"

„Ich habe den Laptop von David ausgetauscht. Martin hat mir einen anderen Laptop gegeben."

„Was hat er die bezahlt?" Karlheinz ist enttäuscht, weil er Ludwig nicht für käuflich hielt und es nun feststellt.

„Er hat nichts bezahlt. Er hat mich gebeten, weil schwule Kunden drauf sind. Er ist sicher auch drauf. Ich musste ihm doch helfen."

Justus hat sich hinter seinen Freund ins Bett gesetzt und hält ihn von hinten umklammert. „Sei ruhig. Der Trottel versteht nicht, wie es uns geht, wenn sie uns auf der Straße anspucken."

Nun fühlt sich Karlheinz missverstanden. „Es geht doch um Mord. Auf Davids Laptop sind wahrscheinlich Hinweise auf den Mörder. Als ich dir das Foto zeigte wusstest du bereits dass David tot ist. Woher?"

„Martin hat es mir gesagt. Er ist sonst nie im öffentlichen Wellnessbereich, doch am Montag hat er auf mich gewartet."

„Martin? Ludwig was weißt du über ihn?"

„Lass uns in Ruhe", schluchzt Justus auf. „Wir morden nicht, wir verstecken uns."

Karlheinz ist überwältigt. Er kniet sich vor das Bett, um seine Freunde zu umarmen. „Ich verfolge euch doch nicht. Begreift bitte, dass Martin etwas mit dem Mord zu tun hat. David hat ein Recht darauf, dass ich seinen Mörder fasse."

„Martin ist harmlos. Er tut auf hochgestellten Beamten, doch ich weiß, dass er für einen Ministerialrat nur die Ablage macht."

„Ablage? Die Ablagen des Ministeriums sind doch im Keller." Karlheinz erinnert sich an die gehässige Bemerkung Georgs. „Dann ist sein outen doch nicht so problematisch."

„Gerade, wenn du nicht ganz oben bist und weiter willst, ist es enorm problematisch. Außerdem weiß man es bei ihm im Amt. Einmal hat er mir gegenüber erwähnt, dass ihn ein Kerl von der Internen unter Druck setzt", murmelt Ludwig. Er hat sich wieder beruhigt, „muss ich jetzt mit?"

Karlheinz schüttelt den Kopf. „Es weiß außer mir niemand, dass du mich belogen hast."

„Nun bist du jetzt weiter, nachdem du uns um den Morgen-
schlaf gebracht hast?", schnüffelt Justus. „Warum suchst du
seinen Mörder nicht an der Uni? Dieser David war genauso
ein verwöhntes Bürschchen, wie dein Marcus. Dem richtet
doch auch sein Papa alles."

„Na nicht nur. Dass David ein Stricher war, ist amtlich", lacht
Karlheinz wieder entspannt.

„Das meint ihr im Amt? Der Kerl hat sich geholt, wonach ihm
gerade war. Wenn er ein paar Mal Geld genommen hat, dann
war das aus Eitelkeit." Ludwig stellt es richtig. „Es hat sogar
geheißen, dass er mit… Kurt glaube ich, ein festes Verhältnis
eingehen wollte."

„Mit Kurt Classen?"

„Ich weiß nicht den vollen Namen. Kurt soll ein wohlhabender
Maschinenhändler sein."

„Ja, das ist Classen. Es schien mir auch, dass es ihn hart getroffen hat."

„Martin hat sich viel in Davids Nähe aufgehalten. Ich glaube
nicht, dass er zum Zuge kam", erwähnt Justus. „Du bist wirklich manchmal ein Depp", meint er zu Ludwig. „Auf Davids
Laptop waren andere Sachen als schwule Erpressungen. Karlheinz hat recht."

Karlheinz wird dieser Martin immer verdächtiger. „Was war
darauf für Martin interessant? Mir schrieb er einen Brief in
dem er mir Unterstützung anbietet."

„Dir? Dann frage ihn doch, was auf dem Laptop drauf ist",
fordert Ludwig.

„Das geht nicht, dann weiß er doch, dass du geplaudert hast.
Ich will nicht, dass irgendwer von unserem heutigen Gespräch
erfährt. Auch nicht eure Freunde."

Justus nimmt den noch immer knienden Karlheinz bei der
Hand. „Ich werde mich umhören. Versprochen. Sobald ich
etwas heraus bekomme, rufe ich dich an."

Karlheinz steht auf, „dann schlaft euch schön aus."

Trüben Gedanken wälzend irrt Karlheinz herum. Er sollte schon längst im Amt sein, doch weiß er nicht was er Jürgen erzählen kann. Wenn er sagt was er weiß muss er auch Ludwig bloßstellen. Wobei das weniger vor der Polizei unangenehm ist, sondern der Gegenschlag Martins und seiner Freunde für Ludwig lebensgefährlich werden könnte. Karlheinz geht wie von einem Magnet angezogen in die Bankzentrale, um sich bei Kommerzialrat Klein anzumelden. Die Sekretärin kennt ihn und bittet ihn zu warten.

„Sie haben keinen Termin. Es tut mir leid, aber es ist wer beim Herrn Kommerzialrat."

„Ich warte. Es ist eine dringende Angelegenheit."

Nach 20 Minuten geht der Gesprächspartner. Dominik kommt heraus, „was führt dich so unverhofft zu mir?"

„Ich bin in einer Klemme und ich weiß nicht wie ich mich verhalten soll."

„Erzähle, wenn alle Stricke reißen kannst du sofort bei mir anfangen. Es ist doch etwas berufliches, oder?"

„Ja das ist es. Diesmal trau ich mich nicht, gleich zu Jürgen zu gehen."

„Erzähle mir was dich bewegt."

Dominik hört aufmerksam zu. „Danke für dein Vertrauen", meint er, als Karlheinz fertig ist. „Es ist doch nicht das erste Mal, dass du diesem Pospischil nur mündlich berichtest. Ich kenn ihn nicht näher, aber ich glaube er versteht es genauso gut wie ich. Weißt du bei welchem Ministerialrat der Martin arbeitet? Ich kenn auch ein paar Leute und könnte mich schlau machen."

„Ich vermute nur das es die Sektion zwei ist. Wahrscheinlich Abteilung eins oder zwei. Martin hat mit der Bundeskriminal-polizei zu tun."

„Du hörst von mir. Geh und erzähle es dem Major so wie du es mir gesagt hat. Übrigens rufe doch Martin an und er soll dir mehr über David erzählen. Er soll dir auch das Kennwort vom Laptop verraten. Er kann ja nicht wissen, dass ihr es geknackt habt."

„Vielen Dank Dominik. Ich habe dich hoffentlich nicht zu sehr aufgehalten?"

„Es ehrt mich, wenn mich mein Schwiegersohn um Rat fragt."

Dominik steht auf. Geehrt fühlt sich Dominik wirklich. Immer mehr beginnt er Karlheinz zu schätzen, wenn auch ein kleiner Stachel zurückbleibt. Denn eine Schwiegertochter wäre ihm lieber.

Karlheinz verabschiedet sich. Er geht beruhigt ins Landes-kriminalamt.

Max berichtet Jürgen von seinem Gespräch mit Korona.

Jürgen beruhigt ihn, „ich werde mit ihm noch heute sprechen. Mach dir keine Sorgen. Deine Beurteilung ist bereits von mir abgegeben worden. Korona kann nichts mehr daran ändern. Spätestens im Mai bist du Hauptmann."

„Danke Jürgen."

„Liebe Gerlinde, bei aller Freundschaft. Ich gebe dir zwar das Ergebnis bekannt, aber dein Chef darf nichts ohne Haupt-kommissar Brauner unternehmen." Margarete hat sofort um acht Uhr in Wien angerufen.

„Ja, was hast du herausbekommen? Wer ist Hauptkommissar Brauner?" Gerlinde erwartet die Daten über Joshua Weiterflug von Frankfurt.

„Bundeskriminalamt. Hauptkommissar Brauner bemüht sich gerade um den internationalen Haftbefehl und die französische Amtshilfe."

„Sag mir doch endlich was du herausbekommen hast?", brüllt ungehalten Gerlinde ins Telefon, dass es die im Büro nebenan sitzenden Kollegen im Sessel hochreißt.

„Der Kerl heißt Pierre Joshua und ist jedes Mal von Frankfurt nach Nizza weitergeflogen. Jetzt ist die französische Polizei dran um ihn dort ausforschen."

„Joshua ist kein Deckname?" Gerlinde kann's nicht fassen, da ist der Killer mit seinem wahren Namen bekannt und jeder glaubt er heißt anders.

„Nein, übrigens dank deiner Idee fanden wir in Deutschland, aber auch in den Niederlanden weitere Morde, die wir ihm zuordnen können. Ein fleißiger Mann, er hatte monatlich zwei bis drei Aufträge."

„Mailst du mir trotzdem die genauen Daten für meinen Akt?"

„Aber natürlich Gerlinde, die sind schon unterwegs. Mach dein Postfach auf. Servus Wien."

„Tschüss Frankfurt."

Inzwischen sind Jürgen und Max zu ihr herausgekommen. Die Neugierde, weshalb sich Gerlinde so aufregt, hat sie angelockt. Gerlinde strahlt sie an, „den Killer haben wir schon. Wenn die Franzosen tüchtig sind, wird er von ihnen in den nächsten Tagen verhaftet."

„Bis sie ihn an uns ausliefern, das dauert", seufzt Jürgen.

„Zuerst sind die Deutschen am Zug. Auch die Niederländer suchen ihn."

„Oh, je. Ich werde wohl kaum bei den Verhören dabei sein. Wo in Frankreich?"

„Wahrscheinlich Nizza."

„Na, da werde ich schon gar nicht, dabei sein." Jürgen würde eine solche Dienstreise Spaß machen.

„Wenn ist es ja Koronas Fall", schränkt Max ein.

„Du könntest doch Korona vertreten", stichelt Gerlinde.

„Sicher. Ich finde auch, Max ist der ideale Vertreter unserer Behörde", räumt Jürgen ein. „Ich muss sowieso mit Korona sprechen."

Max geht in Koronas Abteilung zwei Stock höher.

„Wo ist Karlheinz?" Jürgen ist beunruhigt. „Er macht in letzter Zeit Befragungen ohne Ergebnis. Was macht er wirklich?", lauert er.

„Er hat jetzt am Morgen eine Befragung. Ich vermute, bis zehn ist er da." Gerlinde hofft, dass Karlheinz früher kommt.

„Hat er mit Martin Kontakt aufgenommen?"

„Das weiß ich nicht. Nach dem was ich den Akten entnehme, ist Martin nur ein Dampfplauderer." Gerlinde kann mit den reichlichen Informationen, die meist nur Sexerlebnisse sind, noch immer nichts anfangen.

„Es deckt sich weitgehend mit den Daten auf dem Laptop. Ob nicht David Adams dieser Dampfplauderer war? Hast du die kanadische Botschaft schon gefragt?"

„Oh, an die Botschaft habe ich nicht gedacht. Ich mache es gleich."

Jürgen vermeidet eine böse Bemerkung und verzieht nur missbilligend sein Schnoferl.

Gerlinde ruft sofort in der kanadischen Botschaft an. „Landeskriminalamt Wien. Wir haben einen toten kanadischen Bürger bei uns. David Adams, wir wollen die Leiche freigeben."

Nach einer Schweigeminute, „oh, ja wir werden uns um die Angehörigen kümmern. Können wir eine Kopie des Passes haben?"

„Ja, den fax ich Ihnen. Da es Mord ist, wollen wir gerne von euch näheres über Adams wissen."

„Mord? Wann war das?"

„Wir haben ihn am Montag gefunden."

„Und da melden Sie sich erst heute bei uns?", der Herr am anderen Ende der Leitung klingt empört.

„Wir haben Tage gebraucht bis wir seine Identität festgestellt haben. Haben Sie den Aufruf in der Zeitung mit seinem Foto nicht gesehen." Wenn es geht, will Gerlinde die eigene Fahrlässigkeit zurückspielen.

„Hm, da war etwas, doch gab es keinen Hinweis, dass es einer unserer Staatsbürger ist. Faxen Sie den Pass und wir geben Ihnen umgehend die gewünschten Auskünfte."

Klack, die Verbindung wird grußlos unterbrochen.

Karlheinz kommt, trotz Dominiks Worte, leicht nervös. Er begibt sich sofort ins Büro, um sich vor Jürgen auf den Stuhl zu setzen. Jürgen schaut ihn prüfend an. „Guten Morgen, bist du ausgeschlafen?"

Karlheinz presst die Lippen zusammen, gibt sich einen Ruck und erzählt von seinen Bedenken. Er erwähnt zum Schluss auch, dass er bei Kommerzialrat Klein war.

„Dieser Ludwig ist einer deiner Freunde?"

Karlheinz nickt.

„Dann sollten wir ihm die aufgeschnittene Kehle ersparen", Jürgen grinst. Er hat den Bezirksinspektor noch nie so nervös und kleinlaut erlebt. „Ich habe diesem Martin vom Anfang an nicht vertraut. Was für ein Spiel treibt er? Der Mörder ist er nicht, das war ein Berufskiller. Der Auftraggeber ist er auch nicht, dazu ist er ein zu kleines Licht. Ich vermute, er wird von jemand unter Druck gesetzt. Weshalb?"

„Weil er schwul ist."

„Kaum, das stört heute nicht mehr. Nein er muss eine andere Schwachstelle haben. Nimm zu ihm Kontakt auf und kitzle seine Eitelkeit. Denn eitel ist Martin, dieser kleine Hochstapler."

„Den Ratschlag habe ich heute schon bekommen", murmelt Karlheinz.

„Sicher, der Herr Kommerzialrat ist auch nicht auf der Nudelsuppe einher geschwommen", Jürgen verstimmt es mehr als er zugeben will da Karlheinz zuerst zu Dominik ging um seinen Rat einzuholen.

Max geht mit dem, gemeinsam mit Jürgen, ausgearbeiteten Bericht, zu Major Korona ins Büro. „Das Ergebnis bezüglich der drei Morde. Die anderen zwei Leichen hat eine andere Gruppe auf dem Gewissen. Daran arbeite ich noch."

Korona liest den langen umfassenden Bericht. „Wunderbar. Sobald Sie von der französischen Polizei mehr wissen, werden wir entscheiden, wer von uns dort den Killer verhört."

„Wenn die uns ran lassen. Es sind viele Polizeidienste an dem Kerl interessiert."

„Ja aber, Sie haben ihn ausfindig gemacht. Ich möchte jedenfalls dass Sie hinfahren. Major Pospischil muss natürlich auch zustimmen."

„Er ist Ihrer Meinung und will mit Ihnen über den Fall sprechen."

„Gerne, er ist jederzeit willkommen. Weißt was, ich rufe ihn an ob er jetzt Zeit für mich hat und geh rüber."

„Fein, ich stürze mich mit Abel auf die weiteren Morde." Max ist zufrieden.

Georg Musk, in seinem schwarzen Anzug mit dem schwarzen Mascherl erinnert er an einen Totengräber, kommt verlegen, ein Buch unter dem Arm in das Büro der Abteilung Gewaltdelikte.

Gerlinde kennt ihn nicht, „Sie wünschen?"

„Ist Inspektor... eh, Karlheinz, nicht hier?"

„Nein er ist Mittagessen in der Kantine. Wollten Sie ihn zum Essen einladen?" Gerlinde vermutet, dass es diesen Mann mehr privat herführt.

„Ich will ihm dieses Buch bringen. Als ich mir vorhin etwas Muße gönnte und es lesen wollte, da bemerkte ich es erst."

„Was bemerkten Sie?"

„Das kann ich nur diesem Inspektor erzählen. Es ist etwas kompliziert und er bearbeitet doch den Mord an David."

Gerlinde kämpft mit sich, ob sie den Mann anfahren und ihm das Buch abnehmen soll. Oder?

„Darf ich Ihnen einen Kaffee anbieten während Sie warten? Es dauert sicher nicht lange."

Georg nickt dankbar. Gerlinde serviert ihm den Kaffee, gibt ihm die Milch dazu und fragt, „wie viel Zucker?"

„Nur ein Stück. Sind sie eine Kollegin von, ah jetzt fällt es mir wieder ein, Wimmer?"

„Ja wir bearbeiten derzeit gemeinsam den Mord an David", erwartungsvoll wartet Gerlinde auf seine Reaktion.

Traurig schaut Georg Gerlinde an, „David hat mir dieses Buch am vergangenen Samstag geschenkt. Der Titel ist: Fritz, ein homosexuelles Leben. Ich bin bisher nicht dazu gekommen darin zu lesen."

Gerlinde nickt. Was ist an dem Geschenk so interessant?

„Heute wollte ich darin lesen. Ich habe am Lesebändchen gezogen und es mittendrin aufgeschlagen."

„Sollten Sie es nicht vom Anfang an lesen?" Gerlinde wundert sich über die umständliche Art des Mannes.

Gerade als Georg sich Gerlinde ganz öffnen will kommt Karlheinz herein. Gerlinde ist enttäuscht. Falsches Timing.

„Hallo Georg. Was führt einen Antiquitätenhändler in unser Büro? Unsere Einrichtung ist zwar nicht neu, doch auch nicht das Richtige für dein Geschäft."

Gerlinde spöttelt, „der Herr liest seine Bücher von der Mitte weg",

Georg öffnet mit dem Lesebändchen vor ihren Augen das Buch. „Ah" „Oh", kommen Gerlindes und Karlheinzs Ausruf gleichzeitig.

In der Mitte der Seite sind einige Blätter in der Mitte ausgeschnitten, um einem Stick Platz zu geben.

„Was ist darauf?"

„Namen, Daten und mehrere Treffen. Auch LKW Lieferungen und sonst einiges, alles für mich uninteressant. Ich dachte, ich bring es her. Das Buch ist von David", zu Karlheinz, der noch nichts über das Buch weiß.

„Das, was wirklich auf dem Laptop drauf war", murmelt Karlheinz.

„Wieso?" Gerlinde wird hellhörig. Wieder etwas wovon ihr keiner etwas sagte.

„Ich habe es erst vorhin Jürgen berichtet. Der Laptop wurde ausgetauscht. Der Laptop den wir aus Davids Zimmer mitgenommen haben, war nicht der von David."

„Her damit. Ich mache gleich eine Kopie, bevor auch dieser Stick verschwindet."

Georg grunzt, „ich habe mir auch eine Kopie gemacht. Schließlich ist er mein Eigentum."

„Wenn Sie ihn erpresserisch geschickt einsetzen, bringt er sicher einen Haufen Geld", Gerlinde macht es Spaß Georg zu ärgern.

„Oder einen Schnitt durch die Kehle", meint dafür Karlheinz.

„Das war das letzte Mal, dass ich zur Polizei gehe. Das ist ja lebensgefährlich", schmollt Georg.

„Beruhige dich. Wir sind dir dankbar. Erzähle aber niemanden davon, dass du diesen Stick gefunden hast. Es ist zu deiner Sicherheit."

„Servus." Georg Musk verlässt das Landeskriminalamt.

„Jetzt hast du wieder Lesestoff", meint Karlheinz kichernd zur Gerlinde.

„Wenn ich es sortiert habe, darfst du es auch lesen."

„Gib es erst Jürgen. Wo ist er hin?"

„Ist er weg? Mir hat er nichts gesagt."

Jürgen trifft sich mit Korona im Café Planquadrat. Es ist einen Häuserblock entfernt, Korona hat es vorgeschlagen. Ein schmaler tief in das Haus hineinreichender Raum, mit Thonet-Stühlen und Marmortischplatten, vermittelt Alt-Wiener Flair. Korona wartet bereits, als Jürgen eintrifft.

„Grüß dich, Florian. Dein Lieblingslokal?"

„Hallo Jürgen. Hier war ich schon Gast, als wir noch in der Rossauerkasene waren. Jetzt ist in der Kaserne das Bundesheer drin."

„Das ist doch ewig her. Ich wusste nicht, dass du schon so alt bist."

„Nun, ein paar Jahre bin ich halt älter, als du."

„Noch immer Major?" Jürgen wundert sich. An sich sollte Florian bereits Oberst sein. Auch Jürgen steht etwas hinten an. Claudius der Streber hat es bereits geschafft, während Jürgen noch auf den Oberstleutnant wartet.

„Tja, wie das Leben so spielt. Gerade hole ich mir wieder eine Menge schwarzer Punkte."

„Max hat mir was von einem schwarzen Loch erzählt."

„Eine undichte Stelle. Natürlich wird das mir angelastet. Dein Oberleutnant ist ein cleverer Bursche. Er hat mich auf etwas Interessantes hingewiesen."

„Wegen ihm, will ich dich auch sprechen. Er sollte zum Hauptmann befördert werden. Vermassle es ihm nicht."

„Ich?", Korona ist erstaunt. „Ich schätze den Burschen. Er hat die Mordfälle, zumindest einen Teil, super gelöst. Ich kann natürlich noch zusätzlich eine positive Beurteilung abgeben, wenn du darauf Wert legst."

„Danke, das ist sicher gut. Was den Killer betrifft, will ich das Max wenn es möglich ist in Frankreich als Vertreter meiner Abteilung den Killer verhört."

„Mich interessieren mehr seine Hintermänner. Die großen Drogenbarone."

„Das verstehe ich. Genau seinen Auftraggeber, hier in Wien, wollen auch wir herausbekommen."

„Seit Monaten sind wir hinter dem Holländer her und können ihm nichts beweisen."

„Joshua arbeitet aber für die Gegenseite. Der wird dir keine Beweise liefern."

„Für die Dienstreise, einigen wir uns auf Schubert?" Korona hat es auch Max versprochen.

„Ja, das war auch mein Plan", schmunzelt Jürgen. „Nun zu deinem Loch. Was ich dir mündlich erzähle, geht von dir auch nicht an deine Leute weiter."

„Wie du willst. Ich hoffe, du bist weiter."

Jürgen erzählt Florian, was er über Martin herausbekommen hat und schließt, „eigentlich hatte ich Bruch in Verdacht."

„Ich auch. Schubert hat mich auf den Fehler mit dem Cobra-Einsatz aufmerksam gemacht. Aber wie soll ich eine Lieferung abfangen ohne Einsatzgruppe?"

„Hast du mit Claudius darüber gesprochen?"

„Sei mir nicht böse, ich weiß ihr seid befreundet. Ich kann ihm nicht vertrauen. Er hat mich bei der letzten Sitzung vor dem Polizeipräsidenten heruntergemacht, dass ich heute noch die Engel zwitschern höre."

Jürgen muss kichern. „Tja, manches Mal könnte ich ihn auch erwürgen. Unsere Freundschaft endete vor zwanzig Jahren."

„Ich habe schon bei der Sitte vorgefühlt. Die haben mehrere Razzien durchgeführt. Immer ohne Hilfe von außen."

„Claudius hat es organisiert. Er ist und das glaube ich fest, ein integrer Polizist. Wenn einer den Maulwurf bloßstellt, dann ist er vorne dabei. Er will schließlich General werden." Jürgen denkt hämisch an die vergeblichen Versuche Brenners, sich zu profilieren. In den anderen acht Landeskriminalämtern sind alle Amtsleiter mindestens Brigadier meist Generalleutnant geworden.

„Martin? Du meinst den Martin Boshart, der die Zentralablage der Generaldirektion leitet?"

„Ach du kennst ihn?"

„Allerdings. Er ist mit Bruch befreundet. Damals hat Boshart die Unterlagen, über diesen verschwundenen Kanadier bei mir persönlich abgeholt. Das kam mir seltsam vor, denn Boshart vergewisserte sich, dass nichts bei uns zurückblieb."

„Der Leiter der Zentralablage holt persönlich bei dir einen Akt ab? Das ist wirklich ungewöhnlich."

„Er faselte etwas von diplomatischen Verwicklungen und dass er es kopieren muss, bevor es an das Bundeskriminalamt geht. Auftrag des Ministers. Du weißt ja, wie das geht?"

„Das sind die verworrenen Dienstwege. Man weiß nie woran man ist und bei wem man sich absichern kann." Jürgen seufzt und denkt an die eigenmächtigen Wege seiner Kollegen vor allem die des Bezirksinspektors, die er bisher immer gedeckt hat.

„Danke jedenfalls. Ich werde, was du mir erzählt hast, bei mir behalten. Schubert werde ich halt vertrauen. Habe sonst auch niemanden", schließt Florian wehmütig ab.

„Servus Florian. Nimms leicht." Jürgen tut der Kollege leid. Es muss fürchterlich sein, wenn man bei seinen Ermittlungen immer wieder ins Leere stößt, weil man einem Verräter in der eigenen Reihe ausgeliefert ist.

Zurück im Büro findet er eine aufgeregte, aufgelöste Gerlinde vor. Sie telefoniert in einem etwas holprigen Französisch. Als Jürgen eintritt, schmeißt Gerlinde wütend den Hörer auf den Apparat.

„Ich wusste nicht, dass du französisch sprichst?"

„Du weißt vieles nicht", faucht Gerlinde.

„Was ist dir über die Leber gelaufen? Ich hoffe ich bin diesmal nicht schuld?"

„Die Franzosen finden diesen Joshua nicht. Dabei haben sie von den Deutschen jede Menge Daten und sogar ein Passbild bekommen."

„Verstehe ich auch nicht. Dieser Joshua ist doch mit diesen Namen in Nizza gelandet. Er konnte sich doch nicht in Luft auflösen?"

„Wahrscheinlich ist er doch mit einem anderen Namen und vor allem einen anderen Pass weiter geflogen. Am liebsten würde ich runter fliegen und dort die ganzen Register durchhacken."

„Na, beruhige dich. Die Franzosen werden sich schon darum kümmern. Vor allem, wenn nicht nur wir, sondern auch die Deutschen und die Holländer nach ihm suchen."

„Inzwischen haben auch die Belgier Interesse gezeigt. Der Kerl ist unglaublich fleißig. Könntest du, jede Woche einem anderen die Kehle durchschneiden?"

„Nein, aber ich möchte sie jede Woche dem gleichen Kerl durchschneiden." An wen Jürgen dabei denkt, ist beiden klar.

„Du bist wirklich unmöglich. Dabei stehen wir wieder ganz am Anfang."

„Nicht ganz, ich weiß, wer Martin ist."

„Sag es Karlheinz, der ist ihn gerade suchen."

„Glaube ich nicht. Es ist schon spät und der Kollege macht sicher Feierabend. Übrigens ich gehe auch heim."

„Eine gute Idee. Ich muss mich beruhigen. Max erzähle ich es auch erst morgen."

Karlheinz hat daheim Küchendienst. Wie so oft richtet er ein Menü für vier Personen her. Diesmal ist seine Mutter, mit ihrem neuen Freund, für 18 Uhr eingeladen.

Eine fette Rindssuppe mit Griesnockerl, danach einen Spanferkelbraten mit Fenchel-Rosmarin-Gewürz und zum Abschluss Crostata mit Karamell-Ganache, Mango und Erdbeeren. Zum Braten gibt es Bier und zum Nachtisch Prosecco. Karlheinz ist auf den Freund seiner Mutter neugierig. Sie hat ihn erst am Mittwoch kennengelernt.

Marcus kommt um halb sechs. „Hu, es riecht fantastisch. Ich bin neugierig, wen sich Annemarie angelacht hat."

„Ich auch. Seit Vaters Tod hatte sie mit den Männern nur Pech gehabt."

„Hast du diesen geheimnisvollen Martin angerufen. Papa hat mir erzählt, dass du heute bei ihm in der Bank warst."

„Ich habe ihn um Rat gefragt. Was hat er dir erzählt?"

„Nichts, er meinte, ich soll mit dir reden. Ich habe ihn nach Martin gefragt."

„Wie kommst du darauf?" Karlheinz ist immer wieder von Marcus überrascht.

„Na, wenn du einen Verehrer hast, darf ich wohl eifersüchtig sein."

„Ich werde Martin morgen anrufen und treffen. Samstag hat er sicher Zeit."

„Schon nur du nicht. Wir sind bei meinen Eltern zum Essen eingeladen."

„Meine Mutter und deine Eltern sind noch nie zusammen ge-kommen", stellt Karlheinz fest.

„Weil du mich noch nicht geheiratet hast. Zu unserer Hochzeit müssten sie alle kommen."

„Ich bin mir nicht sicher. Wenn ich unsere Partnerschaft ein-tragen lasse, dann scheint es im Personalakt auf. Jetzt steht dort nichts von meiner Veranlagung."

„Wenn sie dich mobben dann kommst du zu mir, oder gleich zu Papa in die Bankzentrale. Er mag dich."

„Ich ihn auch."

Es läutet. Die Gäste stehen vor der Türe.

„Oh, ich wollte vorher noch duschen. Na dann bleibe ich halt so", resigniert Marcus. Er geht zur Türe um den Öffner zu betätigen und macht sie auf, um auf den Lift zu warten.

Karlheinz stürzt in die Küche. „Biete ihnen einen Aperitif an. Ich brauche noch ein paar Minuten."

Ein großer kräftiger Mann, mit grauen dichten Haaren, hält Annemarie die Lifttüre auf. Marcus fällt sofort seine gewaltige Nase auf.

„Hallo Marcus, darf ich dir Gustaf vorstellen?"

Bei Gustaf zuckt Marcus zusammen. Er denkt an gleich an einen anderen Gustav. An die Namensgleichheit muss man sich gewöhnen.

„Grüß euch, kommt bitte rein. Was wollt ihr vorher kosten?" Marcus zeigt auf die offenen auf der Anrichte im Esszimmer stehenden Flaschen.

„Oh, ich nehme keinen Alkohol. Ich muss noch fahren."

„In Wien sind Sie mit dem Auto unterwegs?" Marcus denkt noch, wo parkt er den hier? Ums Eck kaum.

„Ich komme aus Untertullnerbach. Da wir anschließend noch etwas vorhaben, komme ich später mit keinem öffentlichen Verkehrsmitteln mehr heim. Jetzt stehe ich etwas weiter in einer Tiefgarage."

Marcus hat für Annemarie den üblichen Eierlikör eingeschenkt und holt aus dem Kühlschrank Apfel und Orangensaft. „Was willst du, Gustaf?"

„Apfelsaft, danke."

„Du bist aber kein Niederösterreicher?" Marcus hört einen kaum wahrnehmbaren Akzent.

„Ich bin Niederländer. Aus Dordrecht. Ich lebe in Österreich seit fünfzehn Jahren."

„So zu Tisch", ruft Karlheinz mit der Suppenterrine in der Hand.

Es wird ein ruhiges Essen, mit einigen Bemerkungen über das Wetter. Erst nach dem Nachtisch, Gustaf hat dazu mit Wasser verdünnten Orangensaft getrunken, kommt es im Wohnzimmer zu einer Unterhaltung, die sich auch um Karlheinz Tätigkeit dreht.

„Ach bei der Polizei?" Gustaf horcht auf. „Du hast mir nicht gesagt, wo dein Sohn arbeitet."

„Ist das ein Problem für dich?", hänselt Marcus. Inzwischen sind sie alle per du. „Die Handschellen liegen bereit."

„Nun für mich brauchst du sie nicht. Ein Bekannter von mir hat beim Botschaftsempfang geklagt, dass die Polizei gegen ihn ermittelt."

„Was tut er Tulpenzwiebeln schmuggeln?", interessiert sich Karlheinz.

„Er ist Spediteur. Sein Transportunternehmen ist für mehrere Wiener Firmen tätig. Deshalb wurde Verstaad wirklich Schmuggel unterstellt."

Karlheinz hat, nachlässiger Weise, die Berichte von Max nicht gelesen. Der Name sagt ihm deshalb nichts. „Verstaat, wer ermittelt gegen ihn? In Europa gibt es nur Zigaretten oder Drogenschmuggel."

„Du das weiß ich nicht. Bist du beim Zoll?"

„Nein, ich bin bei der Abteilung für Gewaltdelikte", lacht Karlheinz. „Solange er nicht Leichen transportiert geht's mich nicht an was er tut."

„Komisch, Leichen transportiert er. Allerdings legal. Er überführt Verstorbene in ihre Heimatländer."
Das Thema wird wieder gewechselt und nach ein paar Stunden
verabschieden sich die Gäste.
„Ist die aufgefallen das dieser Gustaf genauso blöd geschaut
hat wie damals sein Namensvetter, als er erfuhr, dass du von
der Polizei bist."
„Ich finde Gustaf eigenartig. Ich glaube, am meisten hat ihn
gestört, dass nicht einmal einer von uns, in Frauenkleidern
herum gehuscht ist." Karlheinz überlegt wie soll er den Mann
einordnen.

6 Samstag

Einige Male greift Karlheinz zum Hörer, lässt es aber bleiben. „Marcus was meinst du? Soll ich diesen Martin anrufen? Was soll ich ihm sagen?"

Marcus ist gerade mit seiner Morgentoilette fertig und kommt aus dem Bad heraus. „Erzähle ihm doch, dass du auf einen Verstaat gestoßen bist der Leichen transportiert. Jetzt willst du von ihm wissen, was du tun sollst."

„Du bist blöd. Wenn ich ihm das erzähle, hält er mich für Schwachsinnig."

„Warum? Egal was er antwortet, bitte ihn anschließend dir eine wichtige Information zu geben. Das hat er doch im Brief versprochen."

„Gut nach dem Frühstück. Lass uns erst essen."

„Du bist ein Feigling. So kenn ich dich nicht. Rufe ihn an, und zwar gleich."

Seufzend greift Karlheinz zum Hörer und wählt die Geheimnummer.

„Martin", meldet sich eine dunkle männliche Stimme. „Ich habe deinen Anruf erwartet."

Karlheinz wundert sich, wieso Martin weiß, dass er es ist. „Ich hatte gestern ein Gespräch mit einem Holländer. Da ging es um Herrn Verstaat, der Leichen transportiert. Glaubst du, ich soll mich darum kümmern?"

Es erfolgt eine längere Pause. Karlheinz fürchtet schon, Martin hat das Telefon zur Seite gelegt. „Verstaat, ja ich kenne ihn. Die Drogenfahndung hat ihn im Visier. Hat Leutnant Schubert mit dir gesprochen?"

Nun ist Karlheinz paff. „Ja, ja, Schubert auch. Doch meine Information stammt aus einer anderen Quelle. Deshalb frage ich dich ja um Rat. Was soll ich tun?"

„Vorläufig unternimm nichts, sonst störst du nur die laufenden Ermittlungen. Mit dem Mord an David hat Verstaat nichts zu tun."

„Danke, du wolltest mir eine Information geben, die mich weiter bringt. Hast du etwas für mich?"

„Ja ich habe etwas für dich. Morgen am Sonntag kommt eine Sendung."

„Ach woher?"

„Aus Serbien in einem Kleinlaster, bei Klingenbach wird die Sendung erwartet. Es geht um Heroin, das könntest du mit einem oder zwei Kollegen abfangen. Nur darfst du nicht Major Korona und seine Leute einschalten, den dann fliegt die Sache sicher wieder auf."

„Wie soll ich den Wagen abfangen?" Karlheinz kann nicht alleine an die burgenländische Grenze fahren, um ein Auto zu durchsuchen.

„Sprich mit deinem Chef Major Pospischil darüber." Es folgt Kennzeichen und Uhrzeit. „Servus Karlheinz" die Verbindung ist unterbrochen.

„Was soll ich machen?" Karlheinz schaut seinen inzwischen angezogenen Freund an.

„Jetzt frühstücke mit mir."

Sie essen, wie immer am Samstag, üppig. Bedächtig kaut Karlheinz und wälzt seine Gedanken.

Marcus strahlt ihn an. „Was ist, wenn wir gemeinsam, wieder einmal einen dienstlichen Einsatz machen?"

„Es ist noch Zeit. Ich werde zu Mittag erst Dominik fragen und dann Jürgen anrufen."

„Sag es deinem Chef gleich. Du weißt nicht, ob Martin jetzt nicht auch mit ihm redet."

Karlheinz nickt. Was ist, wenn er hier kontrolliert wird? Wieso bekommt er die Information, erst nachdem er angerufen hat? Er wählt Jürgens Privatnummer.

„Pospischil, guten Tag", meldet sich Lisa.

„Guten Morgen, hier Wimmer, ich will Jürgen sprechen."

„Oh, je, dann ist das Wochenende wieder dahin", jammert Lisa und übergibt an Jürgen.

„Ist es was Dringendes Karlheinz?" brummt der.

„Ich habe gerade mit Martin gesprochen. Du hast es mir emp-
fohlen", Karlheinz berichtet. Er erwähnt auch das überraschte
Verhalten Martins, als er Verstaat ins Spiel brachte.
„Na dann können wir noch den Samstag genießen. Ich bin am
überlegen wie wir es machen und gebe dir morgen Früh Nachricht." Jürgen beneidet Karlheinz. Der konnte es an ihn ab-
schieben, doch er muss jetzt entscheiden.

Während des Mittagessens bei Marcus Eltern beginnt Karl-
heinz mit seinem Bericht.
Als er geendet hat, „ich wollte erst nach dem Essen darüber
reden. Doch ich bin so aufgeregt, dass ich es gleich erledige."
Dominik schaut zwar freundlich, als er sein Steak anschneidet,
doch sieht man ihm seine Missbilligung an. Essen will der
Herr Kommerzialrat in aller Ruhe.
„Hast du etwas für mich?", bettelt Karlheinz.
„Dieser Martin, heißt Boshart und ist in der Zentralablage der
Generaldirektion beschäftigt. Er ist Oberstleutnant und hat
wegen einiger Unregelmäßigkeiten Schwierigkeiten gehabt.
Wegen Unterlagen die aus der Ablage verschwunden sind hat
die Interne gegen ihn vor vier Jahren ermittelt. Es kam dabei
nichts raus."
„Woher hast du das? Wir, das heißt Pospischil, weiß darüber
nichts."
„Martin hat Schulden und nicht wenige. Das hat ihn bei uns,
auf die nicht existierende, schwarze Liste gebracht." Dominik
lacht, als er von der nichtexistierende schwarze Liste spricht.
Viele Gerüchte ranken sich um diese Liste.
„Wofür hat er sein Geld ausgegeben? Er verdient doch nicht
schlecht." Karlheinz dreht zwar sein Geld ständig um, um
durchzukommen, doch ein höherer Offizier im Ministerium
hat um einiges mehr.
„Er lebt auf großen Fuß. Alleine die Miete für sein Penthaus,
frisst mehr als die Hälfte seines Gehalts."
„So genau weißt du das?"

Dominik lacht. „In euren Polizeiakten steht nur ein Bruchteil von dem was wir niederschreiben. An den Wochenenden gibt er auch jedes Mal reichlich aus. Nun, du wirst besser wissen wofür."

Marcus bringt sein Wissen ein. „Er stapelt hoch und zahlt wahrscheinlich die Burschen."

„Was, Männer lassen sich auch dafür bezahlen?", staunt mit leichtem entsetzen Marcus Mutter Henriette. Sie wirkt oft etwas Weltfremd.

„Ja meine Liebe, die Welt ist schlecht", lächelt ihr Dominik zu.

„Ich mir bin sicher, wir fahren Morgen nach Klingenbach", jubelt Marcus. „Dazu nehmen wir wieder den Porsche, damit deine Kollegen grün vor Neid werden."

„Was heißt: Ihr nehmt wieder den Porsche?", Henriette wird neugierig.

„Wir haben im vergangenen Sommer einen Mörder auf der Autobahn verhaftet", strahlt Marcus.

„Das geht zu weit!", schreit Henriette. „Wenn du schon mit diesen Leuten verkehrst Karlheinz, bring nicht auch noch Marcus in Gefahr."

„Es war nicht gefährlich. Die Verhaftung jedenfalls nicht. Die Fahrt im Porsche schon", Karlheinz stellt es richtig.

Dominik muss Lachen. „Es scheint, dass ich Marcus an die Polizei verliere und dabei will ich Karlheinz zu mir in die Bank locken.

„Ja meine Arbeit ist auch faszinierender als das Jonglieren mit Zahlen", spöttelt Karlheinz.

Gerlinde ist privat am Ende. Seit sie mit Claudius endgültig gebrochen hat, ist sie unbefriedigt. Einige Bekanntschaften hat sie ausprobiert. „Ich komme mir vor wie eine Hure", wirft sie sich selbst vor. „In zwei Monaten fünf Kerle."

Zu Mittag isst sie öfter in einem Beisel. Diesmal setzt sich ein ca.35-Jähriger frech an ihren Tisch. „Ich darf doch? Trübsal bläst sich zu zweit leichter."

Gerlinde muntert es auf. Der Mann mit seinem kugelrunden Gesicht hat absolut nichts mit Trübsal zu tun.

„Wenn ich jetzt nein sage, bleiben Sie trotzdem sitzen, stimmt's?"

„Sie haben mich durchschaut. Wie ich sehe sind Sie mit dem Essen fertig. Darf ich sie auf einen Kaffee zum Abschluss einladen?"

„Wenn ich jetzt nein sage, tun Sie es trotzdem, stimmt's?"

„Johann bitte zwei große Braune. Was wollen Sie dazu? Die Cremeschnitte ist vorzüglich."

„Jetzt sage ich ja", schmunzelt Gerlinde. Der Kerl ist nicht der Traummann, aber angenehm nett.

Roland Sorel versteht es, Gerlinde zu unterhalten. Diesmal nimmt sie ihn nicht mit in die Wohnung. Spät in der Nacht bereut sie es und denkt: Ich habe ja seine Nummer. Roland hat ihr seine Visitenkarte in die Handtasche gesteckt.

Karlheinz und Marcus sind an diesem Samstag auch zum Abendessen bei Henriette und Dominik eingeladen. Sie kommen vom Flohmarkt am Naschmarkt wo sie mehr einen Verdauungsspaziergang nach dem Mittagessen absolvierten. Karlheinz hat eine kleine Augarten-Figur erstanden die will er Henriette als Geschenk mitbringt.

„Ich freu mich, womit verwöhnst du uns am Abend?", strahlt Marcus.

„Lasst euch überraschen. Unsere Köchin hat sich etwas Indonesisches ausgedacht. Diesmal durfte ich nicht in die Küche."

„Nehmt erst einmal den Aperitif." Dominik empfängt sie im Salon.

Marcus und Karlheinz nehmen an der Bar stehend einen „Zwetschkernen" den Dominik von einem Mitarbeiter aus dem Waldviertel bekam.

Diesmal ist es Dominik der berufliche Fragen hat. „Was macht eigentlich deine Weiterbildung Karlheinz?"
Dann erkundigt er sich über den weiteren Ausbau des Sicherheitssystems für die Bankzentrale.
„Du meinst das Sicherheitssystem?"
„Ja, nicht nur das. Du solltest dich auch um das Drumherum kümmern."
„Seid ihr in der Bank nicht zufrieden?"
„Sehr sogar. Oberst Brenner hat gestrahlt, als wir es der Presse vorstellten. Natürlich gaben wir nicht alle Details bekannt."
„Mach doch Leutnant Loimer ein Angebot. Er hat das System ausgearbeitet."
„Ja der Bursche ist ein technisches Genie, leider nicht für eine leitende Position geeignet."
„Was meinst du? Als Sicherheitsboss in der Bank ist er sicher geeignet."
„Wie ich schon sagte, Erwin Loimer ist ein Genie und ein Chaot. Ich brauche jemanden, der Entscheidungen trifft. Es genügt nicht alles zu wissen und zu können, sondern man muss Verantwortung tragen. Du zum Beispiel hast dich statt für die Drehkreuze für automatische Glastüren entschieden. Erwin hat mich nur fragend angeschaut und stattdessen mit technischen Raffinessen gefüttert."
„Aber es läuft doch gut? Erwin hat einen deiner Hauswarte eingeschult. Wenn man die Bank betritt merkt man nicht dass man kontrolliert und gezählt wird."
„Das reicht doch nicht. Natürlich finde ich es hervorragend gelöst. Elektronisch werden die genauen Bewegungsabläufe der Besucher sowohl in der Halle als auch im Lift und auf den Gängen festgehalten. Trotzdem ist momentan nur der Zugang am neuesten Stand. Es fehlt ein moderner Objektschutz, eine gute Mannschaft für Personenschutz und nicht zuletzt weil es immer wichtiger wird: die Sicherheit im Datennetz. Ich suche einen Chef für diese Gruppe."
„Das glaubst du, schaffe ich?" Karlheinz fühlt sich geschmeichelt, allerdings auch überfordert.

„Heute noch nicht. Wenn Marcus mir in der Zentrale nachfolgt braucht er einen Partner, auf den er sich verlassen kann."

Marcus mischt sich ein, „du gehst doch nicht in Pension?"

„Doch, allerdings erst in zwanzig Jahren. In fünf bis sechs Jahren will ich dich zu mir in die Zentrale holen. Du musst auch noch viel lernen."

Karlheinz lacht bitter auf. „Marcus fühlt sich wohl, wo er ist. Warum soll er dir nachfolgen?"

„Weil schon mein Vater und Großvater Vorstand dieser Bank waren. Vielleicht ist Marcus der Letzte unserer Familie, aber das soll er gefälligst ordentlich sein." Der Abschluss kommt etwas bitter von Dominiks Lippen. Mit einem Enkel kann er leider nicht rechnen.

„Ja Papa ich streng mich an. Es wird schon klappen", meint Marcus kleinlaut.

Karlheinz reagiert etwas heftig. „Du tust dir und auch Marcus nichts Gutes. Marcus ist nicht du und wird auch nie so werden. Das musst du akzeptieren, sonst überforderst du deinen Sohn."

„Aber Karlheinz was meinst du?" Dominik staunt über den Ausbruch.

„Viele Söhne scheitern weil sie versuchen, meist gezwungener Weise, ihren erfolgreichen Vätern nachzufolgen. Marcus sollte sein eigenes Leben führen dürfen."

Dominik lehnt sich zurück und schaut betroffen Karlheinz und seinen Sohn an. „Du liebst Marcus, deshalb solltest du ihn auch unterstützen. Ich weiß schon länger das es Marcus nicht alleine schafft."

„Ich schaffe es auch nicht. Ich verstehe nichts vom Bankgeschäft und als Sicherheitschef werde ich kaum die Bank betreffend Entscheidungen treffen können. Bitte lass es so wie es ist."

Dominik sinkt etwas nach vorne. Er begreift dass Karlheinz recht hat und gerade deshalb ist es für ihn ein harter Schlag. „Ich will für euch beide nur das Beste", murmelt er schließlich.

Auch Karlheinz wird bewusst wie sehr er Dominik verletzte.
„Verzeih ich wollte nicht…, ich meinte…"
Dominik richtet sich wieder auf und strahlt in seiner üblichen
Selbstsicherheit. „Das was du sagtest war Richtig. Ich muss
mich auch manchmal korrigieren. Das ändert aber nichts daran
dass ich dich in der Zentrale haben will. Sozusagen zu meinem
Schutz."
„Ich werde es mir überlegen."

7 Sonntag

Um sieben Uhr läutet das Telefon. Schwach scheint die Sonne beim Schlafzimmerfenster herein.

„Geh du ran, das ist sicher für dich", murmelt verschlafen Marcus.

„Hallo Wimmer hier", grunzt Karlheinz in den Apparat.

„Wach auf. Auf geht's. Der Wagen ist für elf Uhr angesagt. Zwei Stunden brauchen wir bis wir dort sind und ich möchte mich vorher umschauen."

„Marcus will mit mir im Porsche runter fahren", es rutscht Karlheinz verschlafen raus.

„Du spinnst!" Nach einer Weile, „Aber ja, eine gute Idee. Ich fahre bei Max mit. Gerlinde und Erika sind auch dabei. Wenn ihr zwei privat kommt, könnt ihr dem Wagen schon in Ungarn auflauern und hinter dem Gauner her zur österreichischen Grenze fahren."

„Erika? Wer ist das?"

„Die Frau Leutnant die offiziell das Drogendezernat vertritt. So kann uns niemand, Amtsanmaßung vorwerfen. Frau Erika Abel hat auch abgeklärt, ob in Koronas Gruppe etwas läuft. Wir treffen uns auf der Autobahnraststätte Oldtimer bei der Abzweigung nach Eisenstadt. Kennst du den Platz?"

„Klar, wir sind pünktlich", bestätigt Karlheinz.

„Sei bitte nicht überrascht. Die zwei Damen sind in Polizei Uniform."

„Auf mein Schatz du bist dabei", raunt Karlheinz, dem weiter Schlummernden ins Ohr.

„Ach, wirklich", Marcus wird hellwach.

Sie machen sich fertig und nehmen ihr Frühstück in aller Ruhe ein. Als beim Autobahnrastplatz zufahren, steigen die anderen gerade aus ihrem Auto.

„Ich lass mich zu euch versetzen. Bei den Dienstwägen, die ihr fahrt", Erika staunt den Porsche an.

Marcus strahlt vor Aufregung. Das ändert sich auch nicht, als ihm Jürgen seine Verhaltensregeln bekannt gibt. „Sie bleiben bitte immer abseits. Möglichst weit hinter Karlheinz."
„Ich schaue nur zu. Ich dränge mich schon nicht nach vorne."
Sie genießen gemeinsam noch jeder eine Melange und dann geht es weiter zur Grenze bei Klingenbach.

Lange hat sich Marcus hinter dem anderen Wagen gehalten. Als auf der Steigung zum Grenzübergang Klingenbach Max anhält, fährt Marcus winkend vorbei und mit Karlheinz weiter nach Ungarn.
Beim Restaurant vor Sopron dreht Marcus um und wartet Richtung Österreich. Es dauert länger bis um dreiviertel Elf der weiße Ford Transit mit dem Kennzeichen kommt. Vorne im Auto sitzen zwei Männer.
Karlheinz ordnet an. „Jetzt bleiben wir ungefähr fünfzig Meter hinter ihm. Nur wenn sich eine Kolonne bildet, fahr dicht auf ihm drauf."
„Zu Befehl Herr Inspektor." Marcus vibriert vor Aufregung.
Der Ford Transit fährt durch die ehemaligen ungarischen Absperrungen weiter. Kurz nach der österreichischen Grenze steht Gerlinde in Uniform und winkt mit der roten Kelle den Wagen an den Straßenrand.
„Halte links am Streifen", ordnet Karlheinz an. Auch für ihn ist dieser Einsatz ungewöhnlich.
Sie sehen wie der Fahrer aussteigt und mit Erika nach hinten zur Frachttüre geht. Als die Türen aufgehen und Erika hinter den Türflügeln verschwindet steigt der Beifahrer aus schaut ängstlich nach links und rechts und rennt rasch seitlich auf die Böschung.
„Halt stehen bleiben. Kriminalpolizei." Max hat oben auf der Böschung gewartet und das Geschehen beobachtet. Er legt dem überraschten Kerl Handschellen an.
Jürgen und Max kommen, ihre Pistolen in der Hand, mit dem Beifahrer herunter.

„Du bleibst sitzen", Karlheinz steigt aus und geht ebenfalls zum Wagen.

Der Fahrer ist verdattert. „Was wollt ihr von mir? Ich habe nur alten Plunder geladen."

„Für wen ist der alte Plunder?", stellt Karlheinz die Frage an den Fahrer.

„Für den Antiquitätenhändler Mursk. Allerdings erwartet mich einer seiner Kunden, hier gleich nach dem Kreisverkehr bei der alten Zuckerfabrik. Dort soll ich ihm wie üblich die Ware übergeben."

„Fahre nach vor und schau dich um. Mit deinem Auto fällt das nicht auf", ordnet Jürgen an.

Karlheinz steigt wieder zu Marcus ein. „Wir suchen einen Antiquitätenliebhaber."

Sie fahren langsam durch die alten Gebäude der Fabrik, um im Kreisverkehr danach umzudrehen.

Marcus stößt Karlheinz an, „das ist er. Der weiße Jaguar, da sitzt einer drin."

„Ich weiß zwar nicht, ob der Schaden gedeckt ist, doch wenn er abhauen will stell dich ihm in den Weg."

„Mein Porsche", jammert Marcus.

„Du willst doch dabei sein. Also mach es gefälligst."

Jürgen hat im Kastenwagen nichts gefunden. Er entscheidet aber trotzdem, dass Max mit ihm im Kastenwagen die Fahrt fortsetzen. Erika, Gerlinde und die zwei festgenommenen Männer folgen im Polizeiwagen.

Der Kastenwagen nähert sich dem Kreisverkehr. Der Jaguar Fahrer steigt aus und stellt sich auf die Straße. Da ihm die Insassen des Wagens unbekannt sind, springt er rasch in sein Auto. Max erkennt die Situation und gibt Gas. Bevor der über- raschte Empfänger der Ware starten kann, ist Max mit dem Auto neben ihm und verhindert seine Abfahrt. Gerlinde stellt sich mit ihrem Wagen dahinter.

„Jetzt fahr ruhig hin. Wir sperren von vorne."

Marcus folgt und hilft mit.

„Was wollen Sie von mir? Was soll das?" der elegante Herr der aus dem Jaguar steigt empört sich über Gebühr.

„Ist das der Kunde?", wird der Fahrer des Ford Transit gefragt.

„Ich kenn den Herrn ja nicht. Der Beifahrer ist der Mitarbeiter des Kunden."

Jürgen schaut den Beifahrer an. „Ich bin ein Autostopper. Ich habe keine Ahnung was los ist. Worum geht es denn?"

„Na also, ich kenne die beiden Herren auch nicht. Was also wollen Sie von mir?" Höhnisch deutet er zu Marcus. „Geben Sie gefälligst den Weg frei."

„Nichts, wir machen nur eine Fahrzeugkontrolle", grinst ihn Max an.

„Das dürfen Sie nur, wenn Sie einen Einsatzbefehl haben. Ich kenne meine Rechte. Gebt den Weg frei oder mein Anwalt verklage Sie."

„Ich habe einen Einsatzbefehl", Jürgen zieht ein Dokument aus der Tasche und reicht es dem Mann in sein Auto hinein.

Den verlässt seine Selbstsicherheit. Mit zittrigen Händen reicht er Jürgen seine Papiere.

„Zeigen Sie mir bitte Pannendreieck und Verbandkasten", fordert von ihm Leutnant Abel.

Max murmelt zu dem Beifahrer, „der kann dir auch nicht mehr helfen. Willst du nicht endlich zugeben, dass du ihn kennst?"

Der Mann aus dem Jaguar, laut Führerschein Aaron Verstaad, steigt aus um Erika im Kofferraum das Gewünschte zu zeigen. Sein drohender Blick den Verstaad dem Beifahrer zuwirft, lässt diesen zusammen zucken.

„Wenn er sitzt, zerschlägt sich seine Gang wie nichts", stichelt Max weiter.

„Ich weiß ja nichts. Ich sollte ihm hier aus dem Kombi nur die Truhe aus Siebenbürgen übergeben."

„Na also", jubelt Max. „Erika, suchst du nach der Truhe?"

Erika geht nach hinten um die Truhe, die ganz hinten steht, zu öffnen. Plastikpäckchen mit weißem Pulver sind darin. „Ich hab's", schreit sie.

Gerlinde geht mit entsicherter Pistole zum Jaguar. „Ich nehme Sie wegen Drogenschmuggel fest."

Jürgen schaut erstaunt. Er hat sich auf Verstaat konzentriert und die anderen Gespräche nicht mitbekommen.

„Wir haben den Stoff und einen Zeugen, der den Herrn hier kennt."

„Der Trottel", brüllt Verstaat auf. „Womöglich behauptet er noch, ich habe wen umgebracht."

„Nein das haben Sie nicht. Sie haben wahrscheinlich nur den Auftrag dazu gegeben." Jürgen ist glücklich. Die ganze Zeit hatte er ein mulmiges Gefühl. Der Tipp kam schließlich von Martin. Das erwähnt er jetzt, „wir wurden vom Ministerium informiert."

„Das Arschloch."

Jürgen schmunzelt, die überhebliche feine Art ist dem Herrn abhandengekommen. Jürgen vermisst auch den sonst üblichen Akzent des Holländers. Schließlich ruft er die Mattersburger Polizeistation an. „Es hat geklappt, kommt ihr uns helfen?"

„Natürlich Herr Major. Die Streife mit zwei Fahrzeugen ist schon unterwegs."

Gerlinde schaut Jürgen fragend an.

Der grinst, „woher dachtest du, dass ich den Einsatzbefehl habe? In Mattersburg sitzt ein Kollege der kurzfristig bei mir in Graz Dienst gemacht hat."

„Was wenn wir nichts gefunden hätten, was hättest du dann gemacht?"

„Frag mich nicht, ich mag nicht daran denken."

Die Mattersburger Polizisten kommen nach wenigen Minuten und nehmen die drei Festgenommenen und den Kastenwagen mit. Jürgen war mit seinen Leuten offiziell nie hier.

Auf der Rückfahrt schlägt Jürgen einem ihm bekannten Weinbauer vor. „Bei dem lade ich euch alle zum Essen ein. Ich finde, wir sollten es feiern. Kollegin Abel, schreibst du den Bericht für Korona?"

„Gerne Jürgen. Du bekommst eine Kopie."

Sie feiern ausgelassen. Nur Max und Marcus müssen beim Mineralwasser bleiben. Am späten Nachmittag geht es nach Wien zurück.

8 Montag

Erika hat einen umfassenden Bericht geschrieben. Auch sie erwähnt darin nicht Marcus mit dem Porsche so wie vor einem Jahr Karlheinz. Sowohl Korona als auch Jürgen finden den Bericht am Morgen auf ihrem Schreibtisch.

Korona quietscht mit rotem Kopf auf. Er nähert sich einem Herzanfall. „Wir haben ihn, wir haben ihn, oh Gott, wir haben ihn. Wo ist er?"

„Noch in Eisenstadt, aber bald zu uns unterwegs." Erika schaut stolz herum. Ihre Kollegen diese präpotenten Herrn der Schöpfung sollen ihr das nachmachen.

„Wo ist Schubert, der war doch auch dabei?"

„Bei Major Pospischil. Noch sind die Morde zu klären."

„Aha, sobald er kommt, soll er sich bei mir melden."

Im großen Büro sind die vier versammelt. „Jetzt haben wir auch den Auftraggeber der Morde. Wir müssen es ihm nur noch beweisen", Jürgen nickt, als er den Bericht liest.

„Ich fürchte, dass wir nicht weiter sind", bremst Max seine Euphorie ein. „Die drei Ermordeten waren Mitarbeiter von Verstaat."

Jürgen schaut starr vor sich hin. „Du hast recht, mit unseren Morden hat er wahrscheinlich nichts zu tun. Gerlinde was hast du auf dem Stick gefunden? Holt den Antiquitätenhändler nochmals her. Der weiß mehr als er zugibt."

Karlheinz führt mit Erika die Hausdurchsuchung bei Verstaat durch. Die zwei Frauen, Verstaats Gattin und seine Tochter, schwirren wie aufgeschreckte Hühner durchs Haus.

„Was soll das? Wo ist mein Mann?"

„Sie dürfen Papa nicht ins Gefängnis bringen", schluchzt die Tochter

„Das sind meine persönlichen Sachen. Lassen Sie die Finger davon!"

Fragen, Vorwürfe und Verwünschungen der Damen begleiten die Beamten, die nach Drogen und Geschäftspapieren suchen. Sie finden nichts Belastendes. Die Akten aus dem Büro im Erdgeschoss nimmt die Polizei mit.

Karlheinz ist froh wegzukommen und holt Musk. „Wir haben einige Fragen an dich. Die von dir in Belgrad gekauften Waren sind bei uns."
„Aber was ist denn passiert? Es handelt sich um eine legale Ausfuhr. Die Bilder wurden von den serbischen Behörden kontrolliert. Ich habe die Papiere, das heißt, mein Fahrer hat sie dabei."
„Komm einfach mit. Es wird sich alles aufklären."

Inzwischen berichtet Gerlinde, was sie auf dem Stick gefunden hat. „Es ist gut das Karlheinz den Händler Musk holt. Viele seiner Antiquitäten werden nicht korrekt angekauft und dürfen aus Bulgarien oder Serbien auch nicht ausgeführt werden."
„Wieso kommen die Serben da nicht drauf? Die Ware wird doch sicher an der Grenze kontrolliert."
„Jürgen! Die Behörden in Serbien oder Bulgarien haben ihren Preis. Scheinbar sind sie nicht allzu teuer. Deswegen rentiert es sich für Musk."
„Verstehe, das ist auch nicht unser Bier. Was hast du noch?"
„Ich muss dir noch erzählen, das diese Mursk belastenden Dateien am Stick gelöscht und von unserem Techniker wieder hergestellt wurden."
„Schau, der gute Mann dachte, wenn er es löscht, kann er uns den Stick überlassen. So ein Dummkopf. Wenn er die ihn nicht betreffenden Dateien auf einen neuen Stick kopiert hätte wären wir nie drauf gekommen."

Gerlinde setzt fort, „Richard Kampel, ist verheiratet und treibt es mit Burschen."

„Das wissen wir. Das ist auch uninteressant."

„Ja aber, seine Frau bezieht Baustoffe ebenfalls vom Balkan. David hat Beweise angeführt. Richard weiß davon nichts. In Cacak werden die LKWs mit Zement beladen. Dabei gibt es laut David, dort weit und breit kein Zementwerk. Es taucht immer wieder der Name Dastin Miodrag auf."

„Könnten das die Drogen sein?"

„Möglich. Als Dealer bezeichnet David diesen Schauspieler Paul Fröhlich."

„Na ja, gib das an Korona. Uns hilft es nicht weiter." Jürgen ist enttäuscht.

„David hat auch etwas über seinen Bruder herausgefunden. Albert hatte auch mit Drogen für diesen Miodrag gedealt. Sein Geschäft ist in dieser Sauna gut gegangen. Ein ehemaliger Badewart hat David verraten, dass die Leiche seines Bruders zerstückelt und Stückweise entsorgt wurde."

„Makaber. Dann ist er also im Bad ermordet worden und nicht auf die Straße raus gerannt. Wer war der Zeuge der ihn nackt auf der Straße gesehen hat?"

Gerlinde nimmt sich einen anderen Akt zur Hand. Ein Martin Boshart."

„Hat David in seinen Unterlagen auch etwas über Martin?"

„Mehr als genug. Martin bezieht von Verstaat monatlich einen hohen Betrag. Es gibt Kopien der Bankauszüge die die Geldüberweisungen bestätigen."

„Wie hoch? Oder scheint das nicht auf?" Jürgen vermutet dass Martin der Informant für den Drogenring ist.

„Hoch ist relativ. Es sind monatlich Sechszehnhundert."

„Das bekommt er sicher nicht aus Liebe. Gibt es über Verstaat auch was?"

„Nur privates. Verstaat ist verheiratet und hat eine Tochter. Die ist mit einem Peter, der im Ausland lebt, verlobt."

„Näheres?" Jürgen wird ungeduldig.

„Nur dass er regelmäßig nach Wien kommt und bei Verstaat wohnt." Gerlinde sucht die Antworten aus der fünfseitigen Information heraus.

Jürgen nickt zufrieden. „Deshalb haben wir von Peter nie eine Hotelanmeldung gefunden. Ich halte ihn für unseren Joshua."

Gerlinde bekommt einen persönlichen Anruf. Margarete aus Frankfurt ist in der Leitung. „Wir haben ihn gestern zu Mittag am Flughafen verhaftet."
Gerlinde braucht nicht fragen, doch trotzdem, „Joshua? Wie habt ihr ihn erwischt?"
„Er kam aus Wien. Da wurde er noch nicht identifiziert, aber als er als Pierre Joshua weiter wollte haben wir zugeschlagen."
„Danke wir schicken jemanden zu euch. Wir wollen einiges von ihm wissen."
„Joshua wird aber zum Landeskriminalamt nach Hamburg geschickt. Wir überstellen ihn gerade."
„Danke Kollegin. Wenn ich etwas für dich habe, weißt eh."

„Soll ich es Max sagen?", will Gerlinde von Jürgen wissen.
„Ja, sag's ihm. Ich kümmre mich bei Brenner, um seine Dienstreise. Schade das es nicht Nizza sondern nur Hamburg wird."

Karlheinz hat Musk an Jürgen übergeben. Er ruft Martin an.
„Ich bin dir so dankbar. Endlich konnten wir diesen Verstaat überführen und verhaften."
„Aber…, wieso? Was sagst du? Verstaat…? Der hat doch damit nichts zu tun." Martin stammelt und keucht.
„Doch der hat in Klingenbach auf das Heroin gewartet."
„Nein!", jault Martin und legt auf.
Karlheinz schüttelt erstaunt den Kopf. Martin wollte doch dass Verstaat gefasst wird?

Brenner stürzt ins Büro für Gewaltdelikte. „Schon wieder eine durchgeschlitzt Kehle. Kümmert euch drum."

„Wenn der Teufel Regie führt", stöhnt Jürgen. „Karlheinz, Gerlinde fahrt hin."

„Was geschieht mit mir?", schreit wütend Musk der vor dem Büro auf der Bank wartet. „Erst werde ich her gezerrt und nun hat keiner Zeit."

Brenner wirft ihm einen Seitenblick zu „Wer sind Sie?"

„Georg Musk und wer sind Sie!" Musk wurde inzwischen wild.

„Sie handeln mit Antiquitäten. Illegale Ausfuhr und so", wirft ihm Brenner vor. Er hat gerade den Bericht von Gerlinde in der Hand und bereits Teile überflogen.

„Das ist eine Unterstellung. Die Papiere für die Ausfuhr waren immer in Ordnung."

„Nur diesmal war auch Heroin im Transporter. Wissen Sie was? Gehen Sie heim. Sie bekommen eine Vorladung von der Staatsanwaltschaft." Für Brenner ist Musk eine unbedeutende Nebenfigur.

In Favoriten, in einem der älteren Gemeindebauten befindet sich der Tote. Serben, Türken, Syrer und Afghanen ein buntes Gemisch aus hauptsächlich Männern. Gerlinde beginnt mit der Befragung der Mitbewohner und Nachbarn. Karlheinz zieht sich den Tatortanzug an und zwängt sich in den winzigen Raum in dem die Leiche liegt. Der Fotograf hat seine Arbeit beendet. Nur der Kollege, der die unzähligen vorhandenen Fingerabdrücke aufnimmt, hat noch zu tun. Auch die Körperspuren werden eingesammelt. Essensreste und auch halbvolle Flaschen stehen herum. Schmutzige Kleidungsstücke bilden einen Berg. Hier will ich nicht wohnen, denkt schaudernd Karlheinz. Er schaut sich den Toten an. Der übliche Schnitt durch den Hals.: Klar das war unser Freund, stellt Karlheinz fest.

„Nehmt die DNA vom Oberkörper. Auf der Brust des Opfers hinterlässt Joshua immer etwas."

Karlheinz lässt den Toten abtransportieren und geht raus ins Stiegenhaus zu Gerlinde.

„So viele Leute. Einer steht auf dem anderen und trotzdem hat keiner etwas gesehen."

„Hast du nach einem Fremden gefragt?"

„Klar man gibt mir zu verstehen, dass sie alle Fremde sind. Sonst haben sie niemanden bemerkt."

„Es ist sicher Joshua. Wenn wir Glück haben hat er wieder seine Spuren hinterlassen."

„Na, gut lass uns gehen", meint erschöpft Gerlinde. Fragen stellen, die keiner hören will strengt an.

Musk´s Fahrer wird von Korona und Erika verhört.

Korona euphorisch und streng, „Sie behaupten vom Heroin in der Truhe nichts gewusst zu haben?"

„Ich habe die ganze Sendung, dieses Zeug mit der Truhe in Belgrad von Miodrag übernommen. Der hat mir gesagt, dass in Sopron ein Kontaktmann zusteigt der mir zeigt wem ich die Truhe übergeben soll. Dafür hab ich von Miodrag Tausend bekommen. Ich dachte es wäre ein antikes Stück von dem Musk nichts wissen sollte."

„Und der Beifahrer ist in Sopron zugestiegen?"

„Ja er war mir gleich unheimlich. Ständig hat sich der Kerl ängstlich umgedreht und dann wieder starr nach vorne geschaut. Der war so nervös, dass ich schon glubte, ich fahr mit einer scharfen Bombe."

„Nun das sind Sie auch."

Erika will von dem Fahrer noch wissen: „Das war doch nicht Ihr erster Transport? Ist jedes Mal ein Begleiter in Sopron zugestiegen?"

„Ja, es waren immer andere. Mit denen bin ich aber immer bis Eisenstadt gefahren. Dort am Schlossplatz wurde dann ein Paket umgeladen. Das es schon in Klingenbach sein sollte war diesmal das erste Mal."

„Das reicht für heute. Sie bleiben noch in Gewahrsam bis wir alle vernommen haben", schließt Korona ab.

Anschließend wird der Beifahrer ins Verhörzimmer gebracht. Der ist wirklich etwas unheimlich, findet Korona. Verbissen starrt er schweigend vor sich hin. Egal was Korona ihn fragt, ein Grunzen ist alles, was er dem Mann entlocken kann.
Erika greift wieder ein. „Bringen wir ihn rüber zur Abteilung für Gewaltdelikte. Dort wollen sie ihn, wegen Beihilfe zu den Morden, befragen."
Plötzlich. „Was? Mord? Ich habe doch nichts mit Mord zu tun."
„Doch wir haben alleine in Österreich drei Morde an denen Verstaat beteiligt war. Als sein Helfer sind Sie für uns wegen Beihilfe verdächtig."
„Aber ich habe doch nur den Wagen begleitet. Verstaat hat mir gesagt, es handelt sich um eine serbische Ikone, die er haben will, bevor sie zu Musk kommt. Er hat es als einen harmlosen Diebstahl hingestellt. Ich habe vorher noch nie geschmuggelt", schluchzt er zum Schluss.
„Schön Sie dürfen bei uns bleiben. Erika schick ihnen nur das Protokoll rüber", schließt Korona ab.
Erika ist noch nicht zufrieden. „Wie viel sollten Sie für diesen harmlosen Diebstahl bekommen?"
„Tausend."
„Danke, führt ihn in die Zelle."

Aaron Verstaat wird von Korona, mit Max der inzwischen eingetroffen ist, vernommen. Verstaats Anwalt Klaus Jahmer, hat mit ihm über eine Stunde gesprochen.
Aaron schaut Max dem jüngeren der Polizisten starr in die Augen. „Stimmt das, was Ihr Chef gesagt hat?"
„Was meinen Sie?"
„Das es ein Tipp aus dem Innenministerium war?"

„Ja unser Bezirksinspektor Wimmer hat den Tipp bekommen, ob aus dem Innenministerium kann ich nicht bestätigen."

„Mein Mandant hat zu dem Vorfall an der Grenze nichts zu sagen. Ich habe bereits eine Dienstaufsichtsbeschwerde eingebracht", fährt Jahmer dazwischen. Er ärgert sich, weil der Angeklagte sich nicht an seine Ratschläge hält.

„Der Beifahrer des Lieferfahrzeugs hat bereits ausgesagt. Er bestätigt das er in Sopron zustieg und das Heroin an Herrn Verstaat in Klingenbach übergeben sollte", wendet Korona ein.

„Ach Sie halten den Mund", fährt Verstaat den Major an. „Sie stehen bereits am Abstellgeleis und glauben Sie könnten mit jedem Blödsinn punkten."

Korona schluckt, das muss er erst verdauen. Max tut als ob er nichts gehört hätte und beginnt mit dem was er wissen will.

„Die Morde, die wurden doch an Ihren Mitarbeitern begangen. Wollen Sie nicht, dass wir sie aufklären?"

Verstaat lehnt sich erstaunt zurück. Wieder schaut er Max starr in die Augen. Für ihn ist Max der gefährlichere Polizist. „Es wurden tatsächlich zwei meiner Mitarbeiter ermordet. Ich bezweifle, dass Sie den Mörder finden."

Jahmer klopft Aaron auf den Unterarm. Aaron soll endlich den Mund halten. „Sie können Herrn Verstaat den Verlust seiner Mitarbeiter nicht vorwerfen."

„Nein. Aber dass es Drogenkuriere waren, das werfen wir ihm vor", gibt Korona von sich. Er will Beweise für den Drogenhandel finden.

Max wartet. Er versteht nicht, wieso Verstaat von zwei Toten spricht. Es sind doch mindestens fünf.

„Haben Sie Beweise? Nein! Also lassen Sie Herrn Verstaat frei." Jahmer will aufstehen.

Max trifft die Erkenntnis wie ein Blitz. „Es geht für mich um die fünf Morde an den Mitarbeitern Ihrer Konkurrenten. Der von Ihnen beauftragte Killer wurde gestern auf seinem Weg von Wien nach Nizza in Frankfurt verhaftet. Morgen werde ich mit ihm sprechen. Solange bleiben Sie Herr Verstaat hier. Wegen Verdunkelungsgefahr und Fluchtgefahr."

„Das geht nicht, das muss ein Haftrichter entscheiden", brüllt Jahmer.

Verstaat wird käseweiß. „Ihr habt Joshua verhaftet?" rutscht es ihm heraus.

„Ja, Pierre Joshua befindet sich bereits in Untersuchungshaft in Hamburg", grinst ihn Max an.

„Bringt mich in die Zelle. Ich muss nachdenken", murmelt kraftlos Verstaat.

Nun schaut Jahmer Max fest an. „Trotzdem dürfen Sie meinen Mandanten nur in meiner Gegenwart befragen."

„Ich bin sowieso erst am Mittwoch wieder hier", schmunzelt ihn Max an.

Max fliegt noch am Nachmittag nach Hamburg und wird freundlich von den deutschen Kollegen begrüßt. „Danke. Ihr habt uns sehr geholfen."

„Ich brauche vom Verdächtigen Informationen über seinen Auftraggeber. Der befindet sich in Wien in Haft."

Hauptkommissar Udo Berger der Max vom Flughafen abholt lächelt überheblich. „Ich glaube nicht dass ihr den Kopf der Dealer in Wien habt. Es handelt sich um eine Internationale Bande. Ein niederländischer Kollege ist schon zu Mittag hier eingetroffen und behauptet dass es sich um einen Holländer handelt."

„Das stimmt auch, nur lebt dieser Herr in Wien."

„Ach das ist ein Ding." Berger ist beeindruckt.

Pierre Joshua wird nacheinander von den Polizisten aus verschiedenen Ländern befragt. Obwohl die Beamten die an den Opfern gefundene DNA mit Joshuas vergleichen gibt Joshua keine Details oder Informationen über seinen Auftragsgeber bekannt. Der DNA Vergleich bestätigt dass auch zwei Wiener Opfer von Joshua ermordet wurden.

In Wien ist Oberst Brenner aktiv geworden. Innen-, und Außenministerium sind eingeschaltet. Den ganzen Montag, von früh bis in den Abend, glühten die Drähte. Schließlich gelingt, dem Staatsanwalt, Heinz Moser der Durchbruch. Noch am Montag um 22 Uhr wird Pierre Joshua in Begleitung zweier deutscher Kommissare ins Flugzeug nach Wien gesetzt. Auch der Niederländer und Max sitzen in dieser Maschine. Es kommt selten vor dass die Deutschen zugeben die Österreicher wären in einem Kriminalfall besser. Auch der holländische Kollege hat sich für die Fortsetzung der Untersuchung in Wien ausgesprochen. Böse Zungen behaupten, dass er gerne Urlaub in Österreich macht.

9 Dienstag

Es ist eine internationale Versammlung von Kriminalisten. Hamburg, Bayern, Niederlande und Belgien, sind mit je zwei Polizisten vertreten.

Max ist, als er Pierre gegenüber steht überrascht. Pierre ist nur 160 cm groß, schlank, eigentlich mager und soll trotzdem die Kraft haben, seine Opfer mit einem Arm festzuhalten um ihnen mit der anderen Hand die Kehle durchzuschneiden. Schüchtern kommt der kleine schwarzhaarige knapp 30 Jahre alte Killer ins Verhörzimmer.

Der Hamburger Kollege meint nur, „schon die Frankfurter Kollegen erzählten, noch nie hat sich einer so still und brav festnehmen lassen."

Wie zu erwarten geht Claudius mit Max in den Verhörraum. Die anderen stehen hinter der Scheibe und warten, bis auch sie ran dürfen.

Als Doktor Schreiner auftaucht, um die Verteidigung zu übernehmen, schaut Jürgen erstaunt auf. „Sie? Herr Doktor, den bekommen Sie nicht frei."

„Ich habe ihn vorhin kurz gesprochen. Er weiß was er zu tun hat."

„Wird er uns auch etwas sagen?" Jürgen mag Reinhard Schreiner zwar, doch hat er schon einige Male wegen ihm den Kürzeren gezogen.

„Man wird sehen", Schreiner geht mit einem Lacher ins Verhörzimmer.

Max beginnt mit den üblichen Floskeln und wiederholt was bereits in Frankfurt und dann in Hamburg festgestellt wurde.

Dann übernimmt Claudius. „Von wo sind Sie wirklich? In Nizza hat man Sie nicht gefunden."

Der junge Mann schaut erst erstaunt Claudius dann seinen Anwalt an. „Das ist für Sie wichtig?"

„Natürlich. Wir haben Fehler gemacht und wollen wissen, welche?"

Ein charmantes Lächeln überzieht das schöne dunkle Gesicht. „Ich habe einen Fehler gemacht. Ich war viel zu mit denselben Pässen unterwegs."

„Es war eher Ihre mangelnde Fantasie, bei der Namenswahl. Immer verwendeten Sie den Namen Peter."

„Ich hatte Angst mich zu verplappern, deshalb habe ich Peter gewählt. Ich bin in der deutschen Schweiz aufgewachsen."

„Ach, also wohnhaft in der Schweiz? Ich hätte es umgekehrt gemacht. Landung in Zürich und dann ab an die Riviera."

„An der Riviera in Italien lebe ich auch. Nizza, wo Sie mich suchten, liegt an der Côte d'Azur."

„Wo wirklich? Die deutschen Kollegen haben es nicht herausgefunden."

Pierre wird immer weicher und zugänglicher. Er schmunzelt Claudius vertraulich an und beugt sich zu ihm vor: „Du willst die Lorbeeren? Ich gönn sie dir. Ich habe ein nettes Häuschen in Laigueglia, oben in der Andrea Doria. Früher oder später findet ihr es doch."

„Wenn's unter deinen Namen eingetragen ist finden wir's sicher. Warum erzählst du es mir?" Claudius ist bemüht ein möglichst intimes Klima zu schaffen. Es überrascht ihn, dass es ihm so einfach gelingt.

„Mein Anwalt hat es mir geraten. Er meint, es schadet mir nichts mehr. Ob einer oder zehn Morde, das macht das Kraut auch nicht mehr fett."

„Ja, mit deiner DNA warst du leichtsinnig. Das beweist der Körperkontakt, den du mit jedem der Opfern hattest."

„Es waren lauter kriminelle Drogendealer. Die schlechten Stoff vom Balkan rauf brachten."

„Ja natürlich, es waren Kriminelle", bestätigt Claudius. „Wer hat dir gesagt, dass es Dealer sind?"

„Du meinst meinen Auftraggeber? Was bekomme ich, wenn ich ihn nenne?"

Claudius lehnt sich zurück und schüttelt den Kopf. „Da hättest du weiter auf Hamburg bestehen sollen. Hat dir das dort nicht dein Anwalt gesagt? Die Deutschen machen solche Deals. Bei uns in Österreich gibt es das nicht."

Pierre schaut verwirrt zu Doktor Schreiner. „Ja der Oberst hat recht", bestätigt dieser.

Dann seufzt Pierre auf. „Ich hatte bisher keinen Anwalt und dachte weil es eine österreichische Organisation ist, bin ich in Wien besser dran.. Für die Deutschen oder Holländer ist es doch uninteressant."

„Mord bleibt Mord. Jeder interessiert sich für dich."

Mit seinem treuherzigen Hundeblick erklärt er: „Ich habe doch nur den Auftrag zur Hinrichtung ausgeführt. Ich habe doch niemanden Ermordet." Joshua verwirrt mit dieser Aussage Brenner komplett.

„Es waren doch Serben oder Türken, für die du gearbeitet hast?"

„He, wieso? Der Anruf und Auftrag kam aus Wien. Serben oder Türken waren die Gauner. In der Nacht von Samstag auf Sonntag habe ich einen Bosnier mitten in seiner Mischpoke erledigt."

„Den in Favoriten?", mischt sich Max ein. „Da gibt es keinen Zeugen. Niemand der Sie gesehen hat." Max hat Gerlindes Bericht gelesen.

„Was heißt man hat mich nicht gesehen? Als ich raus bin, habe ich noch fröhlich Salam zu den drei Burschen gegrinst."

Claudius ist verwirrt. Wieso? Für wen hat denn der Killer gearbeitet? Korona hat doch immer behauptet, der Killer bringt die Holländer um.

„Dann ist also Verstaat dein Brötchengeber. Sie können es zugeben, er sitzt sowieso nebenan." Max hat schon länger den Irrtum von Korona bemerkt und es auch in seinen Bericht geschrieben. Wenn Claudius nicht alles liest.

Traurig, so als, ob er erst jetzt entlarvt wird, murmelt Joshua, „wie habt ihr Aaron erwischt?"

„Bei der Stoffübergabe in Klingenbach", höhnt Max.

Aufgeregt stößt Pierre hervor, „dann..., dann..., hat... der Austausch funktioniert und der Serbe geht leer aus?"

„Diesmal ist er leer ausgegangen. Kennst du ihn? Er wird ebenfalls gesucht. Schließlich hat auch der Serbe zwei Morde begangen." Max ist enthusiastisch aufgewühlt. Sie werden gleich mehrere Drogenringe zerschlagen.

„Es ist der Schofför der serbischen Botschaft in Wien. Sein Konsul ist ihm doch auf der Spur. Angeblich ist Radoslav deshalb nach Belgrad geflogen, um die Gruppe auszuheben."

„Woher weißt du das?"

„Na das solltest du doch wissen. Einer von euch, hat es Aaron gesteckt", höhnt der sonst zugängliche Bursche.

„Martin?"

Plötzlich wird Pierre steif, „ich habe keine Ahnung wie der Polizist heißt. Ich hatte nur mit Aaron zu tun."

Claudius übernimmt wieder. Er hofft Pierre weitere Details zu entlocken. „Was heißt Austausch? Der Stoff ist also von dem Serben? Weshalb hat Aaron ihn übernehmen wollen?"

„Es soll sich um fünfzig Kilo feinstes Heroin handeln. Ich habe den Kerl, der den Transport über die Grenze begleiten sollte, ausgeschalten und ein Freund von uns, ist an seiner Stelle in den Wagen gestiegen."

„Woher wusstet ihr, wo der Mann zusteigt?"

„Das musst du Aaron fragen. Ich habe mit Drogen nichts zu tun."

Es fehlt noch, dass er sagt: Ich bin ein anständiger Killer, denkt sich Max.

„Hat es mit Albert Gym begonnen oder gab's da schon vorher wen?" Brenner will nun die Morde einzeln abhandeln.

„Das ist doch ewig her. Verjährt das nicht?"

„Mord verjährt nicht", meint Schreiner zu ihm. „Erzählen Sie der Reihe nach. Vor allem wer der Auftraggeber und wahre Schuldige ist."

„Kennengelernt habe ich Aaron in Amsterdam. Da habe ich ihn aus einer Schlägerei rausgeholt. Er war von der Art wie ich mich gewehrt habe fasziniert und hat mir einen Auftrag gegeben."

„Dann fand die erste Hinrichtung in Amsterdam statt?", fragt Claudius.

„Geh wo, Aaron hat mich nach Wien mitgenommen. Da hat dieser Kanadier mit seinem Handel begonnen. Erst sollte ich ihn nur einschüchtern, doch der war unglaublich eitel und aufgeblasen. Da habe ich bemerkt, dass er schwul ist."

„Das hat dich gestört?"

„Das war mir egal. Nur dass er so auf großen Herrn getan hat, hat mich in Rage gebracht. Schließlich hatte er behauptet, ich sei nur ein würstchen und hinter ihm stehe eine mächtige Gruppe."

„Wer?"

„Keine Ahnung. Aaron hat mich gefragt, ob ich ihn liquidieren will."

„Einfach so?" Claudius findet, da muss vorher noch einiges gewesen sein.

„Ja, ganz einfach. Es hat mich erregt. Als ich ihm die Halsschlagader durchschnitt. Das Blut ist in einem großen Strahl weg gespritzt." Der Blick Joshuas verklärt sich. „Das war schön."

Oh, Gott, der ist ja nicht normal, denkt Max.

Doktor Schreiner grinst, genau auf das zielt er hin.

„Was wurde damals aus der Leiche?" Claudius bleibt sachlich.

„Was weiß ich. Ich habe das Bad verlassen. Den Kerl ließ ich in der Dampfkammer liegen."

„Weiter! In Wien gab's da noch weitere?"

„In Wien war ich erst wieder im Jänner. Davor waren es in den Niederlanden nur Schlägereien. Da wollten sich ein paar Südamerikaner breit machen. Einmal ist einer krepiert, das war mehr ein Unfall. Richtig los ging es dann in Hamburg. Da haben sich die Serben eingenistet. Eigentlich ging es Aaron ja nichts an. Ich hatte ihn deswegen auch zur Rede gestellt."

„Wieso geht es Aaron nichts an?"

„Weil Hamburg nicht sein Rayon ist. Da hat er mir erzählt, wie es in Wien zugeht. Zwei seiner Großabnehmer wurden vom Konkurrenten beseitigt. Die Serben hatten den Wiener Markt fast ganz übernommen."

„Da bekamst du von ihm einen Auftrag?"

„Ich habe mich ihm angeboten. Schließlich war es jedes Mal ein geiles Gefühl."

„Nein! Sie haben sich nicht angeboten", fällt Schreiner in die Erzählung ein. „Herr Verstaat hat Sie unter Druck gesetzt. Sie mussten es tun, weil Sie es schon einmal in Wien taten."

Max grinst Schreiner an. „So werden wir es ins Protokoll, für den Staatsanwalt schreiben."

„Aaron hat mir die Großabnehmer der Serben gezeigt. Auch den Schofför der Botschaft der die Organisation leitet."

„Warum nicht gleich den?", Brenner versteht nicht, warum der verschont wird.

„Den erledigen doch die eigenen Leute, weil er versagt hat. Außerdem wer ist der Große in Belgrad? Das wollten wir auch wissen."

„Verstehe. Was ist denn mit David Adams? Wieso ihn? Er war doch kein Dealer."

„Nein er hat seinen Bruder gesucht. Angeblich hat er zu viel herausgefunden. Ich habe ihm aufgelauert und seine Gurgel durchtrennt und dann ausgezogen. Die Kleider habe ich dort in einer Hauseinfahrt in die Mülltonne geworfen."

„Wo war das?"

„Was weiß ich. Ein riesiges rot gehaltenes Gebäude mit vielen Durchgängen. Jedenfalls musste ich auch den Körper in eine der Tonnen stecken. Aaron hat mir dabei geholfen."

„War er dabei?"

„Er ist gekommen, als ich ihm erzählte, dass ich fertig bin."

„Hast du noch Fragen", wendet sich Claudius an Max.

„Nein es ist ausreichend. Herr Schreiner haben Sie noch etwas zu sagen?"

„Es passt. Den weiteren Verlauf kläre ich bei Gericht."

Für Max und Claudius ist es erledigt. Die ausländischen Kollegen gehen nach und nach in den Raum, um über ihre Fälle ein paar ergänzende Fragen zu stellen. Auch sie werden zufrieden gestellt. Ob Joshua nach dem Lebenslänglich, das ihn in Wien erwartet, noch weitere Prozesse erwarten, wird die Zeit zeigen.

Aaron Verstaat wird erst am Nachmittag befragt. Claudius meint, er braucht eine Pause. Gerlinde soll erst das Protokoll vom Band ins Reine schreiben. Max ist seiner Meinung.

Selbstbewusst sitzt Aaron neben Jahmer seinem Anwalt und schaut Max spöttisch an. Max beginnt mit seinen Fragen zur Person
Als er fertig ist, beginnt Claudius, „haben Sie uns, ergänzend zu Ihrer bisherigen Aussage, noch etwas zu sagen?"
Jahmer antwortet. „Nicht das Geringste. Wie Sie ja festgestellt haben, ist die Sendung von einem Serben aufgegeben worden und war für einen Wiener Antiquitätenhändler bestimmt. Es war ein Zufall, dass mein Mandant davon erfahren hat. Dass ihn der Hafer gestochen hat und er die Ware an sich bringen wollte, das gesteht er. Es tut ihm leid. Sowas hat er zuvor nie getan und wird es auch nicht wieder tun."
„Das ist ja wunderschön", lächelt Claudius den Anwalt an. Er ist versucht Beifall zu klatschen. „Ist Ihnen aufgefallen, dass nicht mehr die Drogenfahndung, sondern die Abteilung für Gewaltdelikte die Befragung durchführt?"
Jahmer schaut sich verwundert um. „Sie sind der Amtsleiter und der Herr Oberleutnant ist auch wieder dabei."
„Richtig, der Herr Oberleutnant ermittelt in fünf Morden. Der Auftraggeber war Herr Verstaat."
„Das ist ja unerhört. Wieso hat mir das keiner nicht vorher gesagt?" Der Anwalt empört sich. Sein Kopf schwillt dunkelrot an.
„Der Akt mit den letzten Erkenntnissen, wurde um elf Uhr Herrn Staatsanwalt Moser übergeben. Sie haben Akteneinsicht. Haben Sie nicht nachgelesen?"

Jahmer schnauft. „Ich habe alles über die Drogen gelesen. Das mit den Morden können Sie vergessen. Herr Verstaat, kennt diesen Joshua kaum. Der Bursche will sich nur raus reden. Ein perverser Serienmörder. Das geht doch alleine daraus hervor, wie er die Leute umbringt." Jahmer redet sich buchstäblich in Wut.

„Ist das, das Ergebnis einer Nacht in der Sie über die Sache nachgedacht haben?", murmelt Max so nebenbei. Diesmal schaut er Aaron durchdringend an.

„Mein Mandant hat nichts zu sagen. Ich verlange, dass er dem Haftrichter vorgeführt wird. Er wird bereits über die Zeit festgehalten."

„Ja die achtundvierzig Stunden sind um. Fahren wir rüber zum Richter." Claudius wird nervös. Aaron sollte bereits beim Haftrichter oder frei sein. Ist das der Grund weshalb Verstaat und Jahmer die Befragung so verschleppten?

„Haben Sie einen Haftprüfungstermin? Wenn nicht, gehe ich jetzt mit Herrn Verstaat hier hinaus!", brüllt Jahmer.

„Wir haben einen Termin. Der war schon vor einer halben Stunde. Sie haben auf die Befragung bestanden, sonst wären wir schon drüben." Claudius pokert und hofft, dass es klappt. Wenn Jürgen zuhört, wird er Staatsanwalt Moser schon in Trapp setzen.

Jürgen hatte den Braten schon gerochen, als Jahmer zu sprechen begann. Moser hat sofort, als ihn Jürgen anruft und von dem Problem berichtet, den ihm persönlich bekannten Richter verständigt. Der Häftlingswagen steht im Hof mit laufenden Motor bereit als der fluchende Jahmer und Verstaat in polizeilicher Begleitung herunter kommen.

„Wo bleiben Sie? Wir warten schon seit einer Stunde."

„Brav, wie er das sagt", schmunzelt Moser Pospischil an. Da es wegen der überzogenen Festhaltung heikel ist, darf Jürgen den Staatsanwalt begleiten.

Claudius zieht sich zurück. „Es muss einer hier die weiteren Verhöre beaufsichtigen", ist seine Rechtfertigung.

Jürgen trifft mit Moser im Landesgericht ein. Sie sind hinter dem Haftwagen hergefahren. Der Richter erwartet sie bereits.

„Etwas spät meine Herren. Was ist der Grund das ich warten musste?"

„Herr Verstaat wollte noch eine Aussage machen, hat es sich aber anders überlegt", gibt Jürgen zu Protokoll.

„Mein Mandant wird über Gebühr festgehalten. Ich bringe die Beschwerde noch ein." Jahrmer blickt irritiert zu Pospischil rüber. „Wer sind Sie jetzt?"

„Der Leiter der Abteilung, Delikte gegen Leib und Leben", meint Jürgen ganz ruhig.

Jahrmer wiederholt seine Forderung, Verstaat ist sofort frei zu lassen. Wieder behauptet er, dass Verstaat Peter Joshua nicht kennt.

„Peter Joshua ist mit der Tochter von Herrn Verstaat verlobt. Wann sollte denn die Hochzeit sein?", höhnt Jürgen, der seinen letzten Trumpf ausspielt. Er hofft, dass dieser Peter auch Joshua ist.

Jahrmer schnauft, „schon wieder etwas das mir vorenthalten wurde. Ich verlange volle Akteneinsicht. Der Herr Staatsanwalt hält wichtige Fakten zurück."

Verstaat ist in sich zusammen gesunken. „Joshua will meine Tochter, doch der Irre kriegt sie nicht", jammert er los.

„Wir verlangen dafür über die Drogengeschäfte und die Auftragsmorde wichtige Auskünfte von Herrn Verstaat", meldet sich Moser. „Im Polizeidienst befindet sich ein Spitzel namens Martin. Verstaat soll endlich zugeben, wer sein Informant ist."

„Ich kenne keinen Martin", erklärt Aaron fest.

„Warum überweisen Sie Herrn Martin Boshart monatlich Sechzehnhundert?"

„Dafür haben Sie keinen Beweis", röchelt Aaron. Es gibt in seiner Buchhaltung keinen Beleg dafür. Jürgen kann es, so glaubt Aaron, unmöglich wissen.

„Es gibt Kontonummern. Die dazugehörigen Konten müssen wir noch überprüfen." Jürgen schaut den Richter bittend an. Lass ihn nicht raus, denkt er.

„Es besteht während die Ermittlungen laufen, Verdunkelungsgefahr. Herr Verstaat ist Niederländer, deshalb besteht auch Fluchtgefahr." Staatsanwalt Moser begründet so die Untersuchungshaft.

„Herr Verstaat ist ein renommierter Geschäftsmann. Ihm entsteht ein großer Schaden, wenn er nicht arbeiten kann", wirft matt Jahrmer ein.

Der Richter entscheidet nach kurzer Überlegung. Die Untersuchungshaft wird verhängt.

Karlheinz geht mit Marcus zu Bett. Kaum schlägt er die Bettdecke zurück, läutet das Telefon.

„Das ist sicher für dich. Ich dachte, ihr habt heute den Fall abgeschlossen. Gibt es schon wieder eine Leiche?" Marcus hebt ab, um gleich wieder aufzulegen, „diesmal nicht!"

Karlheinz drückt ihm einen Kuss auf die Wange. „Ich muss, wer weiß was los ist?"

Er drückt die Retourtaste und wird mir Gustav verbunden. „Gustav du? Was willst du um elf Uhr Nachts von uns? Kannst du nicht schlafen?"

„Ich habe einen Toten hier im Haus. Ich flehe dich an, komm und mach kein Aufheben. Meine Gäste fliehen davon, wenn die Polizei auftaucht."

„Hast du einen Arzt? Was sagt der?" Karlheinz denkt, uns gehen doch verstorbene Hotelgäste nichts an.

„Es ist Martin, ich hoffe Selbstmord. Er ist gestern am Montag gekommen und hat mir gesagt, er will nicht gestört werden. Vorhin hat Horst nach ihm geschaut, denn essen solte er doch etwas. Der Dummkopf ist kreischend durchs Haus gelaufen. Ich konnte ihn kaum beruhigen. Bitte komm."

„Ja ich komme. Ich muss aber auch meinen Chef verständigen. Wir werden leise sein", verspricht Karlheinz.

„Hallo Jürgen schläfst du gut?"

„Ach Karlheinz du Sadist, jetzt natürlich nicht mehr. Was gibt es so wichtiges?"

„Eine Leiche in der Hinterbrühl."

„Ruf den Journaldienst an. Das ist nicht mein Bier, dass ist Sache der Niederösterreicher. Gute Nacht."

„Der Tote ist Martin", den Namen spricht Karlheinz ganz langsam und deutlich.

Jürgens Reaktion ist wie Karlheinz erwartete. Jürgen springt aus seinem Bett und schreit in den Hörer. „Ich komme. Ich hole dich ab. Ich verständige die Spurensicherung. Ich nehme von denen nur Ottokar mit. Ich vermute, der Hotelier will Diskretion."

Karlheinz kann sein Lachen nicht zurückhalten. die Ansammlung von Ichs verraten, wie aufgeregt Jürgen ist. „Ich warte auf dich."

Lisa die vom Geschrei ihres Gatten ebenfalls geweckt wurde murmelt nur, „ich wünsche mir getrennte Schlafzimmer."

Es dauert keine halbe Stunde und Karlheinz kann zu Jürgen ins Auto steigen. Zu dritt fahren sie hinaus in den Wienerwald. Ein aufgelöster Gustav, ausnahmsweise hat er sich einem grauen Anzug angezogen, erwartet sie am Eingang. „Kommt bitte, ich weiß nicht was in Martin gefahren ist? Hoffentlich ist es nicht Mord und ihr nehmt mir das Haus auseinander."

Jürgen grinst ihn an. Das ist also der schwule Bordellbesitzer, von dem immer wieder die Rede ist. „Wir werden diskret sein. Was hat der Arzt gesagt? Sie haben doch einen gerufen?"

„Natürlich…, natürlich…, ich habe immer einen im Haus. Manchmal gibt es Verletzungen."

„Wie das?", rutscht es Jürgen naiv heraus.

„Beim Sport. Wir haben im Wellnessbereich Trainingsanlagen. Manche übernehmen sich auch in der Saunakammer. Das Herz und so."

Sie erreichen das Zimmer. Es ist das Zimmer, in dem auch David gewohnt hat. „Ach, da war ich schon einmal", erwähnt Karlheinz.

„Ja, Martin hat auf dieses Zimmer bestanden. Ich musste einen anderen Gast umquartieren. Dabei schauen alle Zimmer in dieser Preisklasse gleich aus."

Der Hotelarzt ist noch anwesend und berichtet. „Der Herr hat sich selbst eine Giftspritze verabreicht. Sie liegt hier auf dem Kästchen. Ich habe sie nicht angerührt, nehme aber an das es das Mittel beinhaltet."

Ottokar macht zuerst Fotos, dann sammelt er die möglichen Beweismittel fürs Labor ein. Jürgen sieht es als Erster. Am Schreibtisch liegt einer der Schnellhefter, wie sie sonst für die Polizeiablage verwendet werden.

Er nimmt den Schnellhefter auf und schaut rein. „Aha, ein Geständnis. Wie schön das erspart uns lanwierige Untersuchungen.."

„Was geschieht jetzt?", jammert Gustav.

„Der Leichenwagen der Gerichtsmedizin muss jeden Augenblick kommen, die nehmen Martins Leiche mit. Vorläufig werde ich den Raum versiegeln. In schätze in ein bis zwei Tagen können Sie ihn wieder vergeben."

Gustav stöhnt, „wer wird denn in einem solchen Zimmer wohnen wollen?"

„Es erfährt doch keiner. Oder plaudern Sie jetzt, obwohl wir diskret sind?", spottet Jürgen.

Sie ziehen wieder ab. Auf der Fahrt nach Wien drückt Jürgen den Hefter Karlheinz in die Hand. „Lies du es bis morgen durch. Ich gehe schon in Informationen unter."

„Martin ist aufgeflogen, deshalb der Selbstmord. Das wird er uns in seinem geständnis sagen. Mehr erwarte ich nicht."

Karlheinz wird das Geständnis auch nur überfliegen. Soll sich doch der Staatsanwalt näher damit befassen.

Gerlinde geht der freche Kerl nicht aus dem Kopf. Obwohl zögerlich, ruft sie Roland an. „Können Sie sich noch erinnern? Gerlinde aus dem Café", meldet sie sich.

„Natürlich. Habe ich vergessen dir das Du-Wort anzubieten?"

„Das", Gerlinde wird schon wieder von ihm überrumpelt, „ja das hast du. Nun gibt's das Küsschen über Telefon", lacht Gerlinde. „Weshalb bist du nicht mehr vorbeigekommen?"

„Ich habe auf deinen Anruf gewartet. Hast du um sieben Uhr Zeit?"

„Ja, ich bin um sieben Uhr im Café."

Nervös, wie es sonst nicht Gerlindes Art ist, kommt sie bereits um halb sieben. Roland ist trotzdem schon da und wartet auf sie.

„Ich habe gehofft dich früher hier anzutreffen", begrüßt er Gerlinde. „Du bist mir nicht aus dem Kopf gegangen."

„Du mir auch nicht", gesteht sie.

Es wird ein unterhaltsamer Abend. Später nimmt Gerlinde Roland in ihre Wohnung mit.

„Einen Kaffee noch bei mir?"

„Ein Glas Wein, wäre mir lieber. Du hast doch etwas gutes zuhause?"

„Natürlich."

Gerlinde spürt, diesmal wird es mehr als eine flüchtige Befriedigung. Roland ist ein Mann, der durchschnittlich und gewöhnlich aussieht und doch das zu ihr passende Gegenstück ist.

Oben in der Wohnung zieht sich Roland mehr als nur den Überrock aus.

„Mach es dir bequem", munter ihn Gerlinde auf. „Ich habe einen Welschriesling Kabinett, passt dir das?"

„Ja, ich möchte in Stimmung kommen."

„Das bin ich schon", lächelt Gerlinde und schenkt die Gläser voll. „Holen wir den Bruderschafts-Kuss nach."

„Ja und bitte mehr."

Sie umarmen sich zärtlich und versinken ineinander. Gerlinde schwebt glücklich in den Himmel.

Am komenden Morgen verwöhnt Gerlinde noch in einem dünnen Seidenhemd ihre neuen Liebhaber mit einem kräftigen Frühstück.

10 Mittwoch

Kaum beginnt der Betrieb im Landeskriminalamt, betritt Serge Radoslav der Konsul das Gebäude. Er stellt sich dem Portier vor und lässt sich zu Oberst Brenner bringen.

„Ich habe einen internationalen Haftbefehl für meinen Schofför Dastin Miodrag. Bitte befolgen Sie ihn und überstellen Sie ihn so rasch es geht nach Belgrad."

„Dazu brauche ich auch einen Auftrag der Staatsanwaltschaft. Worum geht's denn?"

„Staatsanwalt Moser ist informiert. Ich habe gestern am Abend mit ihm ein Glas Wein getrunken."

Claudius wartet was noch kommt, denn viele trinken in Wien mitsammen ein Glas Wein.

„Ja wir haben in Belgrad einen Drogenring aufgedeckt. Die Leute in Serbien wurden bereits am Montag festgenommen. Es gibt nur noch eine heikle Sache, die Sie nicht erfreuen wird."

„Seien Sie so lieb und spucken Sie es aus."

„Es betrifft den Informanten den Miodrag der Chef der Gruppe im Bundeskriminalamt hat."

„Die Beweise können Sie mir geben", Claudius streckt schon gierig seine Hand aus.

„Die Drogenfahndung ist doch Aufgabe von Major Korona?"

„Ja! Ich bin der Leiter des Amtes", Claudius kann sich nicht länger zurückhalten. Wenn der Mann kein Konsul wäre, hätt er ihn schon längst angebrüllt.

„Am liebsten würde ich diese peinlichen Unterlagen ihrem Bezirksinspektor, der mich bereits einmal vernommen hat geben. Aber Major Pospischil tut's auch. Es handelt sich auch um Mord."

Claudius schüttelt den Kopf. Langsam gewöhne ich mich dran, dass mich keiner ernst nimmt, grollt er in sich hinein. Er weist Radoslav den Weg zur Abteilung für Gewaltdelikte.

Jürgen ist rundum zufrieden. Als eitler Mensch, der auch er ist, plustert er sich so richtig auf. Geklärte Morde, ein bis in die

Spitze zerschlagener Drogenring und ein enttarnter Maulwurf im Innenministerium.

„Heute fassen wir zusammen und schreiben Berichte, bis die Akte überquellen. Wenn einer morden will, sagt bitte dem Mörder er soll es ein paar Tage aufschieben. Wir brauchen unsere Ruhe." Er geht in sein Büro und lässt die Jalousien runter.

Da tritt Radoslav ein. „Hallo Karlheinz", grüßt er. „Grüß Gott Frau Inspektor. Ich habe etwas, dass euch gefallen wird." Der Konsul legt Karlheinz auf den Schnellhefter von Martin einen zweiten rauf.

„Was steht drin?" Karlheinz schwirrt ebenfalls schon der Kopf. Er will eine kurze Zusammenfassung.

„Ein kurzer Abriss über die Drogenorganisation in Serbien. Die Liste der kleinen Dealer hier bei euch und halte dich fest, Beweise das Hauptmann Bruch ein Maulwurf ist."

„Wer ist der Drahtzieher?", mischt sich Gerlinde ein.

„Den wollen wir selbst haben. Ihm gönne ich nicht den Luxus in einem österreichischen Gefängnis. Den lass ich ausliefern, damit er das serbische Gefängnis kennenlernt", hämisch lacht Radoslav auf.

„Soll ich ihn festnehmen?" Karlheinz ist verunsichert. Was will der Konsul bei zwei Inspektoren? Das ist eine höhere Angelegenheit.

„Das erledigt Staatsanwalt Moser. Oberst Brenner wird für die Verhaftung sorgen."

Gerlinde packt die zwei Hefter und steht auf, „ich bring die Beweise über Bruch, Jürgen rein."

Als Gerlinde weg ist meint Serge zu Karlheinz: „Versteh mich bitte, ich habe David geliebt. Seid möglichst hart zu seinen Mördern. Dich will ich auch wieder treffen."

Gerlinde kommt grinsend wieder zurück. „Jürgen hat vor Freude nur gequietscht, als ich ihm die Unterlagen gab."

„Danke Herr Konsul. Wir sehen uns sicher wieder", Karlheinz ist froh, dass Gerlinde stört.

Serge sieht es anders. Warum musste sie so schnell zurück sein? „Auf Wiedersehen meine Freunde", verabschiedet er sich.

Max schaut sich den Personalakt von Bruch an. Verheiratet mit Caroline, geborene Fürst. Sie ist die Dame die Joshua am Flughafen Schwechat abgeholt hat. „Die nehme ich mir vor. Wieso spricht sie mit dem Killer der Gegenseite?"

„Wer? Was?" Jürgen hat den Bericht noch immer ungelesen in seinem Fach.

„Ja Frau Major Guckloch hat mir vor einer Woche eine ihrer Informationen geschickt."

„Major Guckloch? Du bringst mich zum Wahnsinn."

„Die Chefin von Guckloch, Helene Schulze. Ich habe dir den Bericht hingelegt. Leider wusste ich auch nicht, wie weit es unseren Fall betrifft."

„Es war ein zu umfangreicher Fall. Wir sollten aufstocken und nicht bei den Anderen aushelfen." Jürgen will diesbezüglich ein ernstes Wort mit Claudius sprechen.

Max besucht die Detektei Guckloch absichtlich erst nach 18 Uhr. Er ist sicher, dass Helene noch arbeitet und alleine ist. „Guten Tag. Ich will mich für Ihre Information bedanken. Woher wussten Sie, dass es für mich wichtig ist?"

„Es hat etwas gedauert bis ich feststellte, dass dieser Bruch seine eigene Frau beschatten lässt. Als ich erfuhr das Bruch im Bundeskriminalamt arbeitet war ich sicher, dass du dich damit befassen solltest."

„Sind wir per Du, Frau Major?"

„Warum nicht. Ich dulde bei mir nichts Ungesetzliches und wenn ich kann arbeite ich gerne mit jemand von der Polizei zusammen. Jedem kann ich leider nicht vertrauen."

„Mir willst du vertrauen?" Max muss schmunzeln. Hat es die reife Dame auf ihn abgesehen?

„Ja, natürlich. Mein Büro könnte auch für Irene arbeiten."

„Aha, natürlich, im Frauenhaus gibt es eine Menge private Probleme."

„Nochmals danke, dass du damals keine Anzeige machtest. Von dieser Mitarbeiterin habe ich mich getrennt."

„Ja, das hätte für dich bitter ausgesehen. Einen Polizisten noch dazu gegen seinen Willen verwanzen."

„Es war dumm und hat ja nicht ihm gegolten."

„Deshalb habe ich auch keinen Bericht darüber geschrieben." Dass es Max verschwieg um Karlheinz zu schützen, sagt er Helene nicht. Es wussten zwar damals viele, dass der Kollege mit einem Mann zusammenlebt, aber es in einen Bericht zu schreiben wo es auch Außenstehende lesen können ist etwas anderes.

Sie plaudern noch über verschiedene private Themen. Max stellt fest, Helene ist über ihn bestens informiert.

Deshalb versucht er nun auch über die Ex-Kollegin mehr zu erfahren. „Weshalb bist du von der Polizei weg?"

Helene schaut ihn seufzend an. „Ich liebe Frauen. Damals hatten mich die Kollegen deswegen gemobbt. Während einer Objektsicherung ist durch meine Schuld ein junges Mädchen entkommen. Das haben einige bösartig ausgeschlachtet."

„Alles klar. Karlheinz den du abhörtest ist manchmal auch in der Klemme. Ich jedenfalls stehe fest hinter ihm."

Als sich Max von Helene verabschiedet sind sie Freunde.

Danach

Pospischil trifft Korona in der Polizei-Kantine. Beide streben mit ihrem vollen Tablett demselben Tisch zu.

„Wie geht's dir Florian? Die Junkies sitzen jetzt alle auf dem Trockenen, wo doch in Wien gleich zwei Lieferorganisationen ausgefallen sind."

„Ach Jürgen, was verstehst du schon", seufzt Korona. „Seit die Holländer ausfallen, ist mehr Stoff als zuvor am Markt. Die Russen haben sich breit gemacht und den Markt sofort übernommen."

„Dann sind Claudius und Max die einzigen die profitierten."

„Niemand profitiert. Es ist schlimmer als eine Hydra. Einen Kopf schlägst du ab und mindestens zwei neue sind schon nachgewachsen."

„Nun Claudius ist jetzt Brigadier und Max wurde Hauptmann. Claudius ist endlich am Ziel und Max wurde vorzeitig befördert. Wenn das kein Profit ist?"

„Ich habe dafür kaum weitere Chancen. Sowohl die undichten Stellen, als auch die verschleppte Mordaufklärung lastet man mir an." Korona ist pessimistisch und mit sich selbst unzufrieden. Sein Gesichtsausdruck passt zu seiner Stimmung. Wie einem Dackel dem man den Knochen klaute hängen seine Wangen traurig herab.

„Das ist eben unser Los", lacht dafür Jürgen. „Wir hecheln den Gaunern hinterher und sie vermehren sich trotzdem."

„Weshalb hat Boshart für Verstaat gearbeitet? Ich verstehe es nicht."

„Martin", lächelt Jürgen, „wollte mehr sein als er ist und hat auf großen Fuß gelebt. Bevor er ins Gefängnis geht hat er die Konsequenzen gezogen. Tragisch, aber Martin hat gelebt, wie er es wollte."

„Dein Mitarbeiter hatte doch engen Kontakt zu ihm. Was ist da gelaufen? Ich sehe da nicht durch."

„Martin erwartete sich auf diesem Weg das ihn Karlheinz auf dem Laufenden hält. Er hat nicht damit gerechnet, dass sich Karlheinz sofort an mich wendet."

„Im Akt steht aber, dass umgekehrt eine Information von ihm an euch ging."

„Ja, da hat, eine Hand nicht gewusst was die andere macht. Martin hat uns den Transport der Serben verraten und wollte dass er auffliegt. Doch sein Chef hat die Sendung abgefangen und ist uns ins Netz gegangen." Jürgen muss nachträglich noch auflachen über das Glück, dass sie dank Martins Dummheit hatten.

„Bei Bruch verstehe ich wieder nicht: Wieso hat er vor drei Jahren den Akt, über den Mord an den Kanadier in der Sauna, abgelegt?"

„Albert Gym hat für ihn, die serbische Gruppe gearbeitet. Er fürchtete aufzufliegen, wenn weiter ermittelt wird. Hast du unsere Berichte nicht gelesen?"

„Doch, doch es ist nur so verwirrend, so umfangreich. Zwei sich befehdende Drogenhändler die jeder einen Informanten in unserer Reihe hatten, das ergibt einen unfangreichen Akt mit mehr als tausend Seiten."

„Leg doch die Akte ab und konzentriere dich auf deine neuen Dealer." Jürgen kann den Pessimismus seines Kollegen nicht verstehen.

Tod an der Modellanlage

1 Donnerstag

Klara Schneider, eine Finanzbeamtin in Wien wundert sich über einen ihrer „Kunden". Adolf Schranz leistet immer überpünktlich alle seine Zahlungen. Jetzt ist er seit einem Monat in Verzug. Sie ruft ihn an. Am Handy nur die Mailbox. Am Festnetz der Anrufbeantworter.

Nach einer weiteren Woche. Wieder wird eine Steuerüberweisung fällig. Die Verzugszinsen summieren sich. Das geschah bei diesem pedanten Steuerzahler, einem Hausbesitzer und Verwalter noch nie.

Klara wird stutzig sie befürchtet: „Es wird dem alten Herrn, doch nichts passiert sein?"

Nach Dienstschluss sucht sie zuerst das kleine Büro auf, das Schranz in einem seiner Häuser, unweit des Finanzamtes hat.

Das Büro ist verschlossen, der Briefkasten im Flur quillt über. Einige Briefe liegen bereits am Boden. Dass das niemand auffällt? Klara schüttelt den Kopf. Typisch Großstadt, keiner kümmert sich um den Nachbarn.

Zuerst fragt sie die Hausmeisterin, „Wann haben Sie Herrn Schranz zuletzt gesehen?"

„Den sehe ich kaum. Ständig schleicht er sich rein und raus. Mir geht er nicht ab."

„Das bei den Postkästen schaut schon sehr unordentlich aus", wagt Klara zu bemerken.

„Das ist doch wohl nicht Ihre Sache", wird Klara von der Hausmeisterin angefaucht. „Ich räume laufend die Prospekte weg. Mehr kann ich nicht tun. Wer sind Sie überhaupt."
„Eine Bekannte", Klara lässt die Frau stehen und geht.

Sie fährt raus nach Meidling, in die Wohnung von Adolf Schranz. Das gleiche Bild.
Sie läutet an der Türe nebenan, „haben Sie Herrn Schranz gesehen?"
„Nein, den sehe ich fast nie. Es waren auch schon länger keine Klubmitglieder hier."
„Er ist auch nicht in seinem Büro. Sehen Sie unten im Flur liegt seine Post bereits oben auf den Kästen. Wahrscheinlich ist sein Postfach übervoll."
„Das ist doch nicht mein Problem", zack die Türe ist zu.
Klara versucht es auf der anderen Seite. Keiner öffnet. Sie geht einen Stock tiefer, um dort nach dem Hausmeister zu fragen. „Wer kümmert sich hier ums Haus?"
„Nicht hier, der wohnt ums Eck da gehört dem Schranz auch ein Haus."
„Wann haben Sie Herrn Schranz zuletzt gesehen. Ich vermisse ihn?"
„Sind Sie von diesem Eisenbahner Klub?"
„Nein vom Finanzamt."
„Na, dann wird er Sie sicher nicht vermissen", lacht der Mann der ihr in Unterwäsche gegenüber steht auf. Höhnisch schließt er seine Türe.

Klara kennt, aus der Steuererklärung die Adresse des anderen Hauses und sucht dort die Hausmeisterin auf.
„Was wollen Sie von mir. Mir geht der Schranz nicht ab. Wenn Schranz mich sieht, gibt's von ihm immer nur Klagen und Beschwerden." Sie mag Schranz genauso wenig, wie ihre Kollegin im 9.Bezirk.
„Haben Sie einen Schlüssel? Ich will nachschauen. Ich fürchte irgendetwas ist nicht in Ordnung."

„Den habe ich, darf ihn aber nur im Notfall benützen. Der hat doch Angst, dass ihm wer einen Waggon stiehlt. Sonst ist nichts von Wert in der Wohnung."

„Es ist ein Notfall. Sicherheitshalber rufe ich die Polizei an." Klara ruft die Notnummer und erklärt ihre Sorge.

„Wir schicken eine Streife. Warten Sie bitte auf uns, bevor Sie die Wohnung betreten."

Es dauert 10 Minuten und die zwei Polizisten lassen, von der Hausmeisterin, aufsperren. Sie bemerken einen intensiven unangenehmen Geruch. Die beiden Polizisten gehen durch die Räume.

Adolf Schranz wird gefunden.

Der Notarzt wird gerufen und stellt den Tod fest. „Mindestens seit einem Monat."

„Todesursache?", will der eine Polizist wissen, um seinen Einsatz abzuschließen.

„Vermutlich starb er an diesem Schraubenzieher in seinem Rücken. Genaueres soll der Gerichtsmediziner feststellen."

„Mord? Das melde ich gleich ans Landeskriminalamt." Dem Polizisten wird klar, sein Einsatz dauert länger.

Major Jürgen Pospischil kommt. Er staunte über die Wohnung. Der erste Raum, gleich nach der Eingangstüre, ist eine hypermodern eingerichtete Wohnküche. Nichts fehlt. Von den üblichen elektronischen Geräten bis hin zum Brotbackgerät ist alles da. Ein mit Kaviar, Salami und Käse angefüllter Kühlschrank, reichliche Nahrungsmittel, wie Steaks, Würste und Spezialitäten im Tiefkühlschrank und ein gut sortierter leicht gekühlter Weinschrank mit Weinflaschen, gutem Sekt und Schnäpsen. Der Mann versteht zu genießen, denkt Jürgen.

Es gibt kein Vorzimmer, ein Raum folgt dem nächsten. In dem zweiten Raum prallt Jürgen verwundert zurück. So stell ich mir einen orientalischen Harem vor. Rotes gedämpftes Licht dringt durch die gefärbten Fensterscheiben. Pralle Polster, ein breiter Diwan, dicke Teppiche am Boden und an den Wänden. Cremefarbene Spitzenvorhänge und kleine Lackkästchen ergänzen das Bild. Ein schwacher Lavendelduft liegt in der Luft und wird vom Gestank der Leiche überlagert. Die Schränke sind hinter Spiegeltüren getarnt. Im Kleiderschrank findet Jürgen Frack, Smoking und zwei Straßenanzüge. Sonst ist die Wäsche eher schäbig. Löchrige Socken, stark abgestoßene weiße Hemden, verwaschene Unterhosen. In einem Kästchen befindet sich etwas teurer Schmuck. Eine Rolex, eine schwere goldene Halskette und ein silberner Siegelring.

Der dritte Raum der Wohnung ist der Größte. Darin befindet sich auf einem 15 m² großem Tisch eine Eisenbahn Modellanlage in H0. Jürgen lässt seinen Blick über die unzähligen Lokomotiven und Waggons gleiten. Was das wohl gekostet hat? Es ist ein fast quatratisches Eckzimmer, mit zwei Fenster auf jeder der zwei Seiten. Es ist sehr hell. An den anderen zwei Wänden gemalte Panoramabilder. Die Alpen mit Bahnanlagen. Ein Regal mit weiteren 20 Lokomotiven.

Adolf Schranz liegt zur Hälfte unter dem Tisch. Er dürfte als der Tod eintrat gerade etwas an der Elektronik repariert haben. Drei verschieden große Schraubenzieher liegen neben ihm. In der Hand hält er eine kleine Flachzange. In seinem Rücken steckt ein besonders großer Schraubenzieher.

So einen riesigen Schraubenzieher hatte Jürgen vorher noch nie gesehen. Er fragt sich: Wozu wird diese Größe, bei einer Modellanlage gebraucht?

Max befragt die übrigen Hausbewohner. „Haben Sie etwas bemerkt? Etwas das anders ist als sonst, das ungewöhnlich ist?"

„Nein unser Hausherr war sehr ruhig und unauffällig. Er ist niemanden abgegangen."

„Hab nichts gesehen. Ein paar dieser Klubmitglieder sind da gewesen und haben gefragt, wo er ist."

„Unauffällig war er. Keine Weiber", aha, denkt Max. „Er hat nur seine Eisenbahn im Kopf gehabt", ach so, meint Max.

„Sparsam war er. Ich glaube, der gönnt sich selbst nicht allzu viel." Na, zu essen und zu trinken hat er verstanden, glaubt Max. Auch er hat kurz die Küche besichtigt.

Den über Schranz wohnenden Mann fragt Max, „haben Sie auch nichts bemerkt? Es muss doch aus dem unteren offenen Fenster zu Ihnen herauf gestunken haben."

„Mensch, da stinkt es doch dauernd von der Straße rauf. Ich habe vor zwei Wochen mein Fenster geschlossen. Jetzt riecht man nichts mehr."

Max fragt eine Hausbewohnerin. „Was ist mit seiner Familie? Kennen Sie die?"

„Seine Schwester ist Tod. Eine Nichte gibt es noch, mit der ist er aber zerstritten."

„Wo wohnt sie?"

„Keine Ahnung. Mit ihm habe ich kaum geredet. Mit seinen Besuchern konnte man nicht reden."

„Wieso konnte man nicht mit denen reden?"

„Das erste Wort, das die gesprochen haben, war Lokomotive und dann ging es weiter mit Stellwerk und so fort. Was soll man da noch reden?"

„Na übers Wetter zum Beispiel", witzelt Max.

„Hm", knurrt die Frau.

Gerlinde ist im Büro des Landeskriminalamtes aktiv. Sie sucht heraus was über Adolf Schranz im Internet zu finden ist. Als Jürgen vom Tatort ins Büro kommt berichtet Gerlinde.

„Adolfs ältere Schwester hat ein lockeres Leben geführt. Sie war nie verheiratet und wurde nur mit dem Pflichtteil von den Eltern der Beiden bedacht. Die Eltern sind vor zehn Jahren und die Schwester ist vor drei Jahren gestorben.

Adolfs einzige Nichte hat zwei nicht gerade gut geratene Söhne. Wohnort ist Wördern im Tullnerfeld.
James wurde nach dem Vater, einem Urlaubsflirt der Nichte, benannt ist bereits mit fünfzehn durch einige Ladendiebstähle aufgefallen. Jetzt mit achtzehn sitzt James gerade eine Jugendstrafe ab. Er war an einem Raubmord beteiligt.
Der sechzehnjährige Andy, der Sohn des Nachbarn der sich weigerte Astrid zu heiraten gilt als brav. Ein guter Schüler, höflich und hilfsbereit."

Sosehr Gerlinde auch sucht, weder in den Polizeiunterlagen noch in den Internetforen kann sie etwas über den Modellbahnklub finden. „Den gibt es nicht", betont sie zu Jürgen. „Wenn nicht die große Anlage wäre, würde ich es als Schmäh der Nachbarn abtun."
„Wieso erreichen wir keinen der vielen Besucher? Die sind alle wie vom Erdboden verschluckt."
„Soll ich einen Aufruf in der Presse platzieren?"
„Max hat ein Schild an der Türe angebracht. Es kommen einfach keine Eisenbahnfreunde mehr vorbei." Jürgen versteht es nicht. Wieso bleiben die Klubmitglieder aus?
„Vielleicht ist die Modellanlage nur ein Vorwand. Der Raum davor, spricht eine andere Sprache", Gerlinde sieht zwar nur die Fotos, doch die findet sie für ihren Verdacht ausreichend.
„Ich weiß nicht, die Modellanlage ist im größten und vor allem schönsten Zimmer untergebracht. Er war ein Genießer. Auf jeden Fall was das Essen betrifft und wahrscheinlich auch bei den Damen."
„Schönheit war der Herr keine. Die wulstigen Lippen der Bauch und der gedrungene Körper. Für mich schaut es aus, als ob er wechselnde Damen empfing", äußert Gerlinde.
„Das Liebesnest ähnelt auch mehr einem Puff", schmunzelt Jürgen.

Karlheinz lässt sich von Marcus verwöhnen. Marcus hat sich mit dem Abendessen selbst übertroffen. Er und sein Freund kochen abwechselnd und jeder versucht dabei den Anderen zu übertrumpfen. Diesmal hat Marcus die Nase eindeutig vorne. Nach einem Aperitif, einem Gin Champagner Cocktail, serviert er eine Basilikumsuppe mit Morcheln und Wachtelei. Danach öffnet er eine Flasche, Grauburgunder trocken, zum Kalbsfilet mit Queller und Koriandersauce. Zum Nachtisch gibt's Kartoffel-Baumkuchen. Später zum Champagner noch Erdbeere und Passionsfrucht Prickeln zur sahnesanften Creme. „Oh, du bist der Beste", stöhnt Karlheinz übersatt. Er konnte einfach nichts stehen lassen. Trotzdem ist es seine Aufgabe den Tisch abzuräumen und das Geschirr in den Geschirrspüler zu schlichten.

„Schön, erzähle mir, was sich bei euch so tut?" Manchmal plagt Marcus die Neugierde. Obwohl Marcus nicht will das Bezirksinspektor Karlheinz Wimmer bei der Polizei bleibt, so interessieren ihn trotzdem die Fälle die gerade anliegen.
„Wir haben heute einen sonderbaren Toten aufgefunden. In seiner Wohnung finden wir nichts, das uns weiter hilft. Keine Familie, keine Freunde und nicht einmal wo er arbeitet. Eine Mitarbeiterin des Finanzamtes hat ihn aufgefunden, weil sie sich wunderte, weshalb seine Zahlungen ans Finanzamt nicht termingerecht einlangten. Er ist, so behauptet die Beamtin, sonst immer überpenibel."
„Schaut doch, ob er Erlagscheine hat und bei welcher Bank er sie einzahlt. Wir wissen oft mehr als die Polizei ahnt", lacht Marcus.
„Wir wissen nur seinen Namen, wie alt er ist und das er der Hausherr ist. Diesen Klub, in dem er sein soll, finden wir nicht."
„Schön, gib mir die Fakten und ich schaue morgen in unseren Computer rein. Es gibt kaum noch einen Menschen, der kein Konto und keine Bankomatkarte hat. Von den unzähligen Kreditkarten ganz zu schweigen."

„Adolf Schranz, dem Ausweis nach, ist er achtundfünfzig alt."
„Wohnt er in Meidling?"
„Ja." Karlheinz bleibt der Mund offen.
„Der dicke Adi, hat es ihn erwischt?", kichert Marcus. Karl-heinz wüsste gerne, an was sich Marcus jetzt erinnert. „Ja ein kleiner dicker Mann mit üppigen grauen Haaren. Du kennst ihn?"
„Er hat seine Konten in unserer Filiale bei der U-Vier. Er soll mehrere Häuser in Wien haben. Genaues kann ich dir morgen heraussuchen."
„Du bist wunderbar. Immer wieder überraschst du mich."
„Sag Jürgen, sein bester Informant hat etwas für ihn."
„Jürgen betont auch mir gegenüber immer wieder, wie hilf-reich deine Hinweise sind."
„Was seinen Klub betrifft, wendest du dich am besten an Justus. Das ist, glaube ich sein Klub. Obwohl Adi öfter bei Klemper war. Hinter dem Knaben Ferdinand ist er sicher noch immer her."
„Jetzt kaum. Er ist Tod", korrigiert Karlheinz.
„Ich nicht! Ich bin hinter dir her", verlangend zieht Marcus seinen Freund ins Schlafzimmer.

Gerlinde ist seit zwei Monaten mit Roland zusammen. Immer mehr gewöhnt sie sich an den jungen Mann. Roland versteht es, sie auf seine Art zu verwöhnen und zu befriedigen.
„Wieso bist du nicht verheiratet?", bohrt Gerlinde. Das lange Verhältnis mit Claudius hat sie vorsichtig gemacht.
Schalkhaft erwidert er, „ach, bin ich es nicht?"
„Du", faucht Gerlinde lang und gedehnt. „Ich habe so eine Beziehung mit einem Verheirateten hinter mir und mache es nie wieder."
„Na dann steht unserer Beziehung nichts im Wege", lacht Ro-land. Er zieht Gerlinde fest an sich, um sie zärtlich zu küssen.
Gerlinde schnauft noch, um sich dann umso beruhigter an ihn zu schmiegen. „Ja, lass uns nicht mehr davon reden."

„Hast du Zeit? Ich will mit dir einen Ausflug in die Steiermark machen."

„Gut, das können wir machen. Warum willst du ausgerechnet in die Steiermark?"

„Zu meiner Familie. Wir sind Apfelbauern."

„Herrlich, bleiben wir bis Montag dort?"

„Sicher."

Brigadier Claudius Brenner von dem sich Gerlinde trennte ist verzweifelt. Sein Frau die schon länger von seinem Verhältnis wusste hat mit ihm ebenfalls Schluss gemacht.

„Wenn du von deiner Schlampe nicht wegkommst, dann komm ich von dir weg."

„Aber ich habe mich doch von Gerlinde getrennt", beteuert Claudius obwohl sich Gerlinde von ihm trennte.

„So und das soll ich dir nach jetzt drei Jahren glauben. Wenn dann hat eher deine Geliebte das Handtuch geworfen."

„Bitte bleib. Ich werde mich bessern."

„Ich bleibe ja auch. Du wirst dir eine neue Bleibe suchen. Entweder du gehst freiwillig oder ich wende mich an die Frau deines Mitarbeiters."

Das war für Claudius Zuviel. Wenn womöglich Hauptmann Schubert davon erfährt. Irene Schubert leitet ein Frauenhaus in Wien. Es reicht schon das Major Pospischil genau informiert ist. Er packt und zieht aus.

2 Freitag

Jürgen ist in mieser Stimmung. „Wieso gibt es noch keine Ergebnisse? Suchst du auch richtig?"

Gerlinde die er anspricht, faucht zurück, „wieso ermittelt ihr nicht ordentlich? Soll ich raus nach Wördern zu dieser Nichte fahren?"

„Max fahr raus zu ihr!", brüllt Jürgen aus seinem Büro, durch das Große dazwischen, ins Büro von Max hinüber.

Max ist gerade erst angekommen und hat seine Türe offen gelassen, sonst hätte er es sowieso nicht verstanden.

„Das werde ich machen. Zuerst muss ich noch einen tobenden Ehemann aus dem Kommissariat Hietzing abholen."

„Hat er das Frauenhaus deiner Gattin belagert?", will Gerlinde von ihm wissen.

„Er hat den Nachbarn mit dem Schlachtbeil attackiert. Ob der's überlebt ist noch fraglich."

„Wieso sagst du tobender Ehemann?"

„Er hat bei der Festnahme behauptet, dass der Nachbar seine Frau angebaggert hat."

„Schön hol ihn, ich werde ihn verhören und du fährst zu der Verwandten unseres Opfers", ordnet Jürgen an.

„Gut und ich werde beim Finanzamt anfragen. Diese Beamtin, die ihn auch gefunden hat, muss doch mehr wissen", beruhigt sich langsam Gerlinde. „Wieso habt ihr die nicht befragt?"

„Unser Kollege von der Polizeistation, hat nur ihre Personalien aufgenommen und sie dann weggeschickt", knurrt Jürgen.

Max sucht das Weite ohne zu Grüßen.

„Hallo schönen guten Morgen", Karlheinz kommt etwas später beschwingt herein.

Er ist der Nächste, den Jürgen unwirsch angeht. „Du könntest auch pünktlicher sein."

„Ich verstehe, dass du schlecht gelaunt bist. Ich bin es dafür nicht", grinst Karlheinz übers ganze Gesicht.

„Hm", grunzt Jürgen.

Gerlinde kriecht kichernd in sich hinein.

„Ich weiß um welchen Klub es geht. Adi Schranz ist übrigens Besitzer mehrerer Häuser."

„Woher?", hast du, will er noch sagen, doch dann dämmert es Jürgen. „Dein Informant kennt ihn?"

„Du sagst es. Ich bekomme gleich mehr über seine Finanzen und was er so arbeitet. Anschließend gehe ich die üblichen Adressen abklappern."

„Tu das", seufzt Jürgen zufrieden. Endlich kommt Licht in die Sache.

Marcus ruft Karlheinz an. „Also, Adolf ist gut betucht. Er war nach einem längeren Prozess der Alleinerbe seiner Eltern. Rate mal wer sein Anwalt war oder noch ist?"

„Sei lieb, deine Ratespiele halten mich nur auf."

„Doktor Melzer. Ich habe dir doch gesagt, dass er zu Klemper geht."

„Schön dann fange ich in Neustift im Weinschlösschen an. Darf ich alleine hingehen?"

„Da Dorian auch dort ist und auf Heinz aufpasst, kann ich dich beruhigt hinlassen. Mit dem Herrn Doktor wirst du mich schon nicht betrügen."

„Weißt du auch, wie groß das Vermögen ist? Wer wird ihn beerben?"

„Über seine Liegenschaften in Wien und auch im Tullnerfeld schicke ich dir ein Mail, bitte drucke es ohne Absender aus."

„Erben? Mach es nicht so spannend."

„Das weiß ich doch nicht. Frage seinen Anwalt. Tschüss Schatz."

Karlheinz macht sich auf den Weg.

Das Mail kommt zu Gerlinde. Sie kennt die Gepflogenheit und druckt es ohne Absender aus. Danach löscht sie das Mail in ihrem PC.

Sie legt die Liste Jürgen auf den Schreibtisch, „einen Gruß von Karlheinz."

„Hu, hast du es gelesen? Das ist ja ordentlich. Acht Häuser in Wien, zwei in Wördern und eines in Tulln. Wer verwaltet das?"

Gerlinde fordert Jürgen auf: „Such doch die Finanzbeamtin auf, die weiß sicher wer die Steuererklärung abgibt."

„Danke, dass du mir die richtige Anweisung gibst. Ich bin schon unterwegs." Endlich hat der Major seine Fröhlichkeit wieder gefunden.

Jürgen ruft zuerst an, um sich mit Frau Schneider auf dem Finanzamt zu treffen. „Major Pospischil Landeskriminalamt. Wir haben uns gestern nicht mehr getroffen. Ich bearbeite den Todesfall von Schranz."

„Weshalb ich dort war und den Toten gefunden habe, habe ich ihrem Kollegen erzählt. Herrn Adolf Schranz kenne ich nicht persönlich sondern nur als Steuerzahler."

„Genau, deshalb bin ich hier. Herr Schranz war vermögend. Wer hat seine Häuser verwaltet? Wir haben keine Adressen gefunden. Sicher hatte er auch einen Steuerberater?"

„Nichts dergleichen. Ich habe ihn deshalb bewundert. Keine Elektronik, keine Berater. Alles hat er selbst altmodisch schriftlich erledigt."

„Ja geht denn das?" Jürgen kann sich eine Buchhaltung und vor allem eine Hausverwaltung ohne Computer und Internet nicht vorstellen.

„Es ist unglaublich. Doch er hat es gemacht und geschafft. Seine Steuererklärungen sind…, waren, die saubersten Erklärungen, die je über meinen Tisch liefen."

„Wir haben auch keine Buchhaltungsunterlagen in seiner Wohnung gefunden. Nichts was auf eine Hausverwaltung hinweist."

„Er hat hier in der Nähe auf der Nussdorfer Straße sein Büro. Deshalb gehört er zu unserem Finanzamt. Ich war zuerst im Büro dort war alles zu, deshalb habe ich in seiner Wohnung in Meidling nachgeschaut."

„Was ist mit seinen Mitarbeitern?"

„Hat er keine! Das war ihm zu teuer. Lieber arbeitet er die Nacht durch, als dass er einem unfähigen Bengel das Geld in den Rachen wirft, sagte er mir als ich ihn gefragt habe."

„Bei diesen vielen Miethäusern gibt es sicher auch rechtliche Probleme?"

„Natürlich, sogar laufend. Die Miterbeschwerden hatte er alle, an den Hausbesitzerverband zur Bearbeitung übergeben. Nur einen Anwalt hatte er. Da waren mehrmals Rechnungen von ihm. Soll ich sie heraussuchen?"

„Das wäre hilfreich. Vielleicht hat dieser Anwalt auch ein Testament. Ich suche noch nach einem Motiv."

„Den zu beerben, ist allerdings ein starkes Motiv."

Es dauert einige Minuten bis die Dame den Akt, der nicht elektronisch erfasst ist, gefunden hat. Jürgen wartet geduldig.

Schließlich, „Doktor Klaus Melzer."

Jürgen erinnert sich an den Namen. „Danke, jetzt weiß ich warum Karlheinz so fröhlich ist."

„Wer? Wie? Brauchen Sie die Adresse?"

„Entschuldigen Sie, das ist intern. Die Adresse haben wir. Sie haben mir sehr geholfen. Auf Wiedersehen."

Zurück im Büro kommt Jürgen gerade recht, um den von Max gebrachten Totschläger zu verhören. Sein Nachbar hat es nicht überlebt. Er ist vor einer Stunde im Krankenhaus verstorben.

„Raus mit dir nach Wördern", meint Jürgen beschwingt zu Max.

„Fein du hast deine gute Laune wiedergefunden. Da bin ich aber froh."

Max sucht das Haus. Er findet eine heruntergekommene Villa aus der Gründerzeit. Sie steht am Berghang inmitten eines großen parkähnlichen Gartens. Dem Garten fehlt die pflegende Hand. Das Haus hat eine graue verwitterte Fassade. An den

Fenstern befindet sich keine Farbe mehr. An einigen Fenstern fehlen sogar die Gläser. Die Stiege ist abgetreten auf ein paar Stufen wackeln die Steine. Das gusseiserne Geländer rostet.

Astrid Schranz, die Nichte, 37 Jahre alt wie Max von Gerlinde weiß schaut aus wie das Gebäude. Strähniges Haar, fleckiges Kleid, schmutzige Hände.

„Guten Tag Frau Schranz. Ich bin Hauptmann Schubert von der Wiener Polizei. Darf ich rein kommen?"

„Kommens halt. Worum geht's denn?"

Max geht beklommen durch den Flur in einen früher sehr eleganten Jugendstilraum. Jetzt muss er fürchten, dass ihm der Stuck der Decke jeden Augenblick auf den Kopf fällt.

Als Max auf dem zerschlissenen Sofa sitzt beginnt er. „Ich habe eine traurige Mitteilung zu machen. Adolf Schranz, ihr Onkel ist Tod."

„Das ist keine traurige Mitteilung", jauchzt Astrid. „Der verdammte Geizkragen, sollte schon längst den Löffel abgeben."

„Er wurde ermordet", informiert Max.

„Oh, das ist peinlich. Ich habe ihn jedenfalls seit Weihnachten nicht gesehen."

„Wissen Sie wer erben wird? Hatten Sie mit ihm darüber gesprochen?"

„Den beerben? Das wäre schön, doch fürchte ich, dass es eher ein Katzenheim bekommt. Der Hund hat uns seinem Fleisch und Blut doch nichts vergönnt."

„Was wissen Sie über seine Freunde? Hatte er eine Freundin?"

„Freundin? Dazu war er zu geizig. Wenn er eine hatte, ist sie ihm sicher davon gelaufen. Wenn Sie mich fragen, er trieb es mit einer Lokomotive. Von den Eisenbahnen und Bahnhöfen war er voll begeistert."

„Zu Weihnachten haben Sie ihn gesehen? Bei einer Familienfeier?"

„Familienfeier!", kreischt Astrid auf. „Er hat hier zwei Häuser. Ich darf sie putzen. Jedes Mal, hat er mir mit der Kündigung gedroht. Nur deswegen, ist er jede Weihnacht nach Wördern gekommen."

„Sie haben zwei Söhne. Hatten die einen besseren Kontakt zu ihrem Großonkel?"

„James war ein paarmal bei ihm. Der arme Junge sitzt jetzt. Das wissen Sie doch, oder?"

„Natürlich. Der Jüngere, wo ist der jetzt?"

„In der Schule."

„Wann kommt er heim?"

„Später. Nicht vor dem Abendessen. Der Nichtsnutz treibt sich mit Freunden herum."

Max fällt auf das Astrid James Namen zärtlich in den Mund nimmt aber über Andy ihren jüngeren Sohn abfällig spricht.

„Es gehört zwar nicht zum Fall, doch diese Villa gehört die Ihnen?"

„Ja, das ist alles was meine Mutter geerbt hat. Adolfs Winkeladvokat hat ihr alles genommen."

Max will sie noch Fragen wovon sie lebt, unterdrückt es aber. Vorläufig kommt hier nichts raus. Er fährt unzufrieden nach Wien zurück.

Max meldet Jürgen: „Wenn Hass alleine genügt, dann ist es die Nichte. Sie rechnet mit keinem Erbe. Ihre Söhne kommen nicht infrage. Der Eine sitzt und der Andere ist angeblich ein Weichei."

Jürgens Laune sinkt wieder. „Gerlinde wo bleibt Schranz' Obduktionsbericht? Wie sollen wir nach Alibis fragen, wenn der Todeszeitpunkt irgendwann ist?"

„Schrei nicht. Es liegen drei Leichen im Keller. Ich erwarte den Bericht am späten Nachmittag."

Karlheinz sucht das romantische Weinschlösschen auf. Das letzte Mal war er im Oktober hier. Da war der neben dem Haus liegende Wald voll buntem Laub. Jetzt im Mai sprießt das frische Grün. Er stellt sein Auto auf dem Parkplatz ab, um die letzten 200 m zu Fuß dem Haupteingang zuzustreben.

Klemper, leicht bekleidet, in Hemd Sporthose und Sandalen, tritt vor die Türe. Scheinbar hat man im Haus Karlheinz kommen sehen. Breit und abwehrend steht Arnold Klemper auf dem Treppenabsatz.

„Hm, guten Tag. Was führt den Herrn Bezirksinspektor zu uns? Dienstliches?"

„Ja, leider ist es dienstlich. Lieber würde ich mit Marcus zu einer Weinprobe kommen." Karlheinz versucht das verkrampfte Verhältnis, das er zu Klemper und seinem Freund hat, zu verbessern.

„Wer soll verhaftet werden? Hat wieder einer der Strichjungen Millionen angehäuft?", höhnt Klemper. Er hatte damals viele Anschuldigungen von Karlheinz einstecken müssen. Karlheinz wird dementsprechend frostig und abweisend von Klemper empfangen.

„Es war nicht meine Schuld, dass Ihr Sekretär den Verdacht auf Sie gelenkt hat."

„Dem hübschen Jungen konnte man es auch nicht zutrauen", bestätigt Arnold. „Hatten wir damals nicht bereits du zueinander gesagt?"

„Ja das haben wir. Ich bin mir nicht sicher, wie böse du mir bist?"

„Sehr, sehr, nach wie vor sehr. Du hast dich wie ein bösartiger Giftzwerg verhalten."

„Das tut mir wirklich leid. Heute will ich Informationen über einen Ermordeten. Ich habe ein Foto und den Namen. Darf ich rein?"

„Gut, komm rein. Brauche ich Klaus?"

„Du nicht aber ich. Er soll der Anwalt des Toten sein."

Sie gehen in den holzgetäfelten Salon, der im englischen Landhausstil eingerichtet viel Geschmack zeigt.

Als sie auf der dunkelbraunen Ledergarnitur sitzen. „Ein Glas von meinem Neuburger?"

„Ich bin zwar im Dienst, aber ein Achtel Wein ist mir erlaubt."

„Um wen geht es? Ich rufe gleich Klaus."

„Adolf Schranz", Karlheinz legt das Foto auf den Tisch. „Er wurde mit einem Schraubenzieher erstochen."

„Der dicke Adi. Fürchterlich. Mit wem hat er sich da wieder eingelassen?"

„Das wissen wir nicht. Ich hoffe du kannst mir etwas über seine Freunde erzählen."

„Das kommt nicht infrage", faucht Klaus Melzer, der gerade eintritt. „Und ich gebe auch keine Auskünfte über meinen Mandanten." Melzer hat sich im letzten Jahr kaum verändert. In einem dunkelgrauen Anzug mit gelber Masche und weißem Hemd steht er drohend neben der Türe.

Karlheinz spürt, hier muss er noch viel Versöhnungsarbeit leisten. „Adi wurde ermordet, deshalb brauchen wir den Inhalt des Testaments, wenn eines vorhanden ist."

„Es ist ein Testament vorhanden. Ich werde es veröffentlichen und vollstrecken. Informieren Sie mich, sobald die Leiche freigegeben wird. Am Tag der Beerdigung dürfen Sie bei der Verlesung dabei sein. Ich lade Sie dazu ein. Schönen guten Tag." Melzer hat sich nicht gesetzt und weist nun, mit einer höflichen Handbewegung, zur Türe.

Karlheinz steht auf. Leicht schwillt ihm der Kamm. Er schluckt krampfhaft seinen Ärger runter und plant den Anwalt ins Landeskriminalamt vorzuladen.

Arnold ist bereit zu verzeihen. „Klaus komm doch, Karlheinz macht doch nur seine Arbeit."

„Lass nur. Grüß Gott". Karlheinz steht auf und geht zur Tür.

Da prallt er auf Ferdinand. Oh Gott, der auch noch, denkt Karlheinz.

„Oha, unser schöner Polizist", flötet der noch immer knabenhaft aussehende Bursche. „Mir konntest du nichts nachweisen. Suchst du wieder Motorräder?"

„Nein Mörder, so wie damals auch." Karlheinz denkt noch, hierher schicke ich Max und will das Weite suchen.

„Haben die bösen Schwulen, wieder eine Frau massakriert?", höhnt Ferdinand.

„Wieder? Nein, ein älterer Schwuler wurde in seiner Wohnung mit einem Schraubenzieher erstochen. Ein Schraubenzieher so wie du ihn bei Reparaturen von Motorrädern verwendest."

Ferdinand hüpft kindisch herum. „Oh wie interessant. Einer meiner Schraubenzieher ist die Mordwaffe. Nimm mich fest. Du hast doch hoffentlich deine Handschellen dabei."

„Lasst ihn endlich in Ruhe!", brüllt Arnold auf. „Ich gebe zu, sein Auftreten, vor einem halben Jahr, war unerfreulich. Aber der Mörder, den Karlheinz damals suchte war bei uns in der Runde. Dafür kann er nichts."

Karlheinz will Ferdinand zur Seite schieben, um vorbei und hinaus zu fliehen. Der kleine Bursche steht aber im Türrahmen fest wie ein Fels.

„Aber diesmal doch nicht." Klaus kontert, „wenn ich ihm den Inhalt des Testaments gebe, beißt er sich doch sofort in den Erben fest."

Karlheinz spürt wie die Wut in ihm hochsteigt. Er hat damals den wahren Täter überführt. „Ich beiße mich nicht ungerecht fest. Ich habe auch damals die richtige Spur verfolgt und den wahren Täter überführt." Die Worte stößt er heftig keuchend aus. Sein Kopf ist rot angelaufen.

Ferdinand ist verblüfft, als er in das zornesrote Gesicht blickt und geht einen Schritt zur Seite.

„Komm wieder her Karlheinz. Ich habe dir doch ein Glas Wein angeboten", ruft Arnold zur Tür.

„Gut, ich gebe dir eine Kopie des Testaments. Du darfst den Inhalt niemanden und auf keinem Fall dem Begünstigten verraten." Klaus lenkt ebenfalls ein.

Ferdinand mault verbissen, „ihr vergesst, dass er mir meinen Autohandel vermiest hat."

„Dein Handel mit dem Schrott in den Osten ist aus anderen Gründen abgeflaut. Ihr betreibt Hexenjagd. Karlheinz ist nicht an allem was schlecht ist, oder schlecht wurde, schuld." Arnold ist der einzige, der Karlheinz versteht.

Karlheinz geht zurück und setzt sich wieder. Vorsichtig hockt er vorne springbereit auf der Sitzkante.

Arnold füllt drei tulpenförmige Gläser mit Wein. „Lass uns bitte alleine", meint er freundlich zu Ferdinand.

Melzer ist kurz weg. Als er zurückkommt wedelt er mit einem Blatt Papier. „Das ist Adolfs Testament. Ist er wirklich tot. Bisher habe ich noch keine Mitteilung bekommen." Zweifelnd schaut er Karlheinz tief in die Augen.

„Ja, seit einem Monat ungefähr. Gestern wurde er gefunden."

„Was? Wo gefunden?"

„In seiner Wohnung. Er ging niemanden ab." Karlheinz nimmt und liest das Testament. Verwundert schaut er Klaus fragend in die Augen.

Der gibt ihm mit verkniffenem Mund die Antwort. „Er weiß es wirklich nicht. Bitte bis zur offiziellen Veröffentlichung, lass es dabei."

„Selbstverständlich. Ich kann ihn über sein Alibi auch aus einem anderen Grund fragen. Sicher war er öfter bei Adolf in der Wohnung."

„Das war er. Ich schreibe dir noch ein paar Namen auf. Nur bin ich sicher, dass es von diesen Burschen keiner war. Die hatten jeder mehr davon, dass er lebt." Klaus grinst spöttisch, „auch von denen hat keiner Millionen verdient."

„Ja spotte nur. Es war wirklich eine dumme Erklärung für die Million. Tatsache bleibt aber, dass das Geld existierte und unrechtmäßig verdient wurde."

„Damals habe ich dir angeboten, wenn du dich beruflich verändern willst, kannst du zu uns kommen."

„Danke, ich lehne heute zwar wieder ab, habe aber dazu gelernt und verbeiße mir den Hohn. Bitte verzeiht mir."

„Angenommen, Karlheinz. Komm doch einmal mit deinem Freund zur Weinprobe", Arnold gibt sich, im Gegensatz zu Klaus, versöhnlich.

Karlheinz trinkt noch in Ruhe sein Glas Wein aus. Er schlägt das zweite angebotene Glas ab und verabschiedet sich.

Zum Mittagessen gönne ich mir eine Pizza, beschließt Karlheinz. Er sucht Justus auf. Obwohl Justus seinen Schanigarten bereits raus geräumt hat, ist es noch zu frisch. Alle Gäste drängen hinein. Das Lokal ist übervoll. An einem der Tische, an dem bereits zwei Burschen und ein Mädchen sitzen, findet Karlheinz einen Platz.

Er sucht herum und kann weder den Chef Justus noch seinen Freund Ludwig entdecken. Zwei ihm unbekannte Männer bedienen. Als Karlheinz bestellt, „wo ist der Chef? Ich vermisse Justus."

„Tut mir leid Süßer, heute musst du mit mir in den Darkroom", schmunzelt der Kellner.

„Ach da gehe ich alleine rein. Ludwig ist doch sicher drin?"

„Also entscheide dich. Zart wie Justus oder hart wie Ludwig. Was suchst du wirklich?"

„Eine Pizza, mit einem Glas Mineralwasser", lacht Karlheinz.

„Trotzdem wo sind die Herren?"

„Im Wienerwald draußen. Da grillen sie Spanferkel."

Karlheinz isst. Er überlegt, ob es einen Sinn hat in die Hinterbrühl zu fahren. Dass Justus bereits Mitarbeiter eingestellt hat ist ihm neu. Aber es musste so kommen. Das Lokal, der Darkroom, der Partyservice und ein ständiges Buffet in der Hinterbrühl, das musste den beiden Zuviel werden.

Er beschließt seine Erkenntnisse mit dem Testament im Büro bei Jürgen abzuliefern.

Gerlinde murmelt nachdenklich, als sie das Testament liest. „Interessant."

Jürgen schreit euphorisch auf, „da haben wir doch einen alten Bekannten!"

„Er weiß angeblich nichts von seinem Erbe. Ich habe Melzer versprochen, den Inhalt vertraulich zu behandeln." Karlheinz ahnt, was Jürgen glaubt.

„Max soll die Liste, mit den Namen der Schranz Freunde, abarbeiten. Das scheint mir neutraler."

„Jürgen! Glaubst du, ich begünstige die Leute?"

„Nein, das hat nichts mit dir zu tun. Diese Gruppe in dem Weinschloss finde ich hinterhältig. Dieser Doktor Melzer ist mit allen Wassern gewaschen. Dem fürchte ich, bis du nicht gewachsen. Der Erbe ist mehr als verdächtig und hatte damals nur Glück, dass wir ihm nichts nachweisen konnten."

„Gut, ich gehe am Abend einer anderen Spur nach. Schranz hatte noch andere Freunde."

„Mach das."

Jürgen bekommt von der Gerichtsmedizin das Ergebnis der Autopsie. Die genauen Todesumstände sind bekannt.

„Der Tote hatte ein Aufputschmittel im Blut. Haben wir Gläser oder Getränke gesehen. Wo hat Schranz es zu sich genommen?" Jürgen denkt angestrengt nach. In der Küche war alles blitzblank. Im Wohnzimmer stand kein Geschirr. „War da bei der Modellanlage, nicht was am Fensterbrett?"

„Auf den Fensterbrettern ist viel herum gestanden. Ich bin raus um die Nachbarn zu befragen", rechtfertigt sich Max.

Gerlinde nimmt die Fotos vom Raum in die Hand. „Da bei dem Fenster gegenüber der Türe steht eine Weinflasche mit Gläsern. Ich frage die Spurensicherung. Die haben sie sicher mitgenommen."

„Tödlich ist der Schraubenzieher im Rücken. Unter dem Schulterblatt direkt ins Herz." Jürgen beutelt sich bei dem Gedanken, wie der Stahl in den Körper eindringt.

„Was ist mit dem Todeszeitpunkt?" Karlheinz will endlich die Verdächtigen festnageln.

„Vor sechs Wochen, einem Mittwoch."

„Können die nicht wenigstens Vormittag oder Nachmittag ermitteln?" Max ist das zu vage.

„Vormittag, steht hier. Entschuldige, dass ich es nicht gleich sagte." Jürgen fürchtet, sie werden mit den Alibis nicht viel weiter kommen. „Es wird schwierig werden ein so lange zurückliegendes Alibi zu bekommen und noch schwieriger es zu entkräften."

Nach der Dienstbesprechung ruft Karlheinz seinen Freund an.
„Marcus, ich kann Justus nur in der Hinterbrühl sprechen."
„Dort gehst du nicht alleine hin. Du Schuft hast dir beim
Klemper draußen Appetit geholt?"
„Nein, sei nicht schon wieder wild. Wann machst du Schluss,
dann fahren wir zum Abendbrot hinaus."
„Gerne, das kann ich akzeptieren." Marcus ist beruhigt. „Ich
ziehe mich nur locker an. Besuchen wir doch die Sauna und
was hältst du von einem Masseur?"
„Absolut nichts. Ich will nicht, dass an deinem Körper ein
anderer Kerl herumkrabbelt", faucht Karlheinz.
„Fein um sechs zu Hause."
„Geh ruhig gleich", winkt Jürgen Karlheinz zu.

Sie ziehen sich Jeans und Pullis an. Wenn sie schon in einem
Wellnessklub ermitteln, will es Karlheinz auch genießen.
Auch in dem Klub in der Hinterbrühl hat Bezirksinspektor
Wimmer bereits ermittelt. Der Besitzer des Klubs ist Kredit-
kunde bei Marcus und hat sich von seinem schlitzohrigen
Freund getrennt. Seitdem sind Marcus und Karlheinz im Klub
willkommen.
Horst der Bursche, der den Parkplatz überwacht und die Gäste
empfängt, jubelt, „hallo, heute ist es richtig heiß hier. Gustav
wird sich freuen euch zu sehen."
So ist es auch. Schon der Parkplatz ist voll, doch drinnen am
Pool drängen sich die Nackten.
„Gibt es Freibier?", staunt Karlheinz.
„Nein, Frischfleisch", kreischt Gustav. Er trägt wie üblich
einen blauen Overall. „Ein Bus mit tschechischen Jünglingen
ist zu Mittag gekommen. Sie wollen über Nacht bleiben."
„Alle über achtzehn?", lauert Karlheinz. Schon einmal hat die
Sitte ermittelt. Der Verdacht von Minderjährigen stand im
Raum.

Gustav senkt seinen Kopf. „Ich habe bis jetzt keine Pässe verlangt."

„Karlheinz ist nicht von der Sitte und heute privat hier", beeilt sich Marcus zu versichern.

„Ich werde mich bei dem Schofför erkundigen. Der kennt ja die Burschen." Gustav grinst Karlheinz nickend zu. Als sie zahlen wollen, „unser Bankier hat natürlich freien Eintritt. Wenn ihr aber ein Zimmer wollt, muss ich es verrechnen. Es ist full house."

„Ist Justus hier?" Karlheinz fragt es über die Schulter nach hinten gedreht. Marcus zieht ihn schon an der Hand zu den Umkleidekabinen.

„Justus ist oben bei den Separees. Ludwig steht drüben am Buffet."

Als sie sich ausziehen. „Ich wollte ihn nach Adolf fragen. Er kennt ihn sicher auch."

„Fall doch nicht immer gleich mit der Tür ins Haus. Hier ist der Mörder sowieso nicht. Erkundige dich, wer erbt und du hast ihn."

„Den Erben, das heißt, den Haupterben kenne ich. Melzer hat es mir verraten."

„Und, wer ist es? Wieso verheimlichst du mir so wichtige Fakten?" Marcus findet, dass er ein Recht darauf hat.

„Es ist noch vertraulich."

„Hm", klingt es drohend.

„Kannst du dich an Ferdinand erinnern?"

„Das Buberl", Marcus kichert. „Hat der sich, den dicken Adi angelacht?"

„Ja Ferdinand erbt die Häuser in Wien."

„Den Burschen nehme ich mir an die Brust. Für die Verwaltung dieses Vermögens braucht er ein gutes Büro und einen Bankier der ihn berät."

„Wird das nicht sein Vertrauter, Doktor Melzer machen. Der wartet doch auf sowas."

„Ach der", murmelt Marcus enttäuscht. „Schade, dass du die Leute mit deinen ständigen Fragen verärgert hast. Melzer und Klemper wären fantastische Bankkunden."

„Ich bin dabei, mich mit ihnen zu versöhnen."

„Tu das bitte und denke auch an mich. Nicht nur immer an deine Mörder."

„Ich denke Tag und Nacht nur an dich", süßelt Karlheinz und drückt Marcus einen Kuss auf die Wange.

„Geh ans Buffet und sprich zuerst mit Ludwig. Mit dem kann ich dich alleine lassen."

„Was machst du? Kann ich dich alleine lassen?" Karlheinz ist nervös. Da rennen tatsächlich tolle Kerle herum. Früher, bevor sie sich kannten, war Marcus bei solchem Treiben immer mittendrin.

„Vertraue mir", lächelt Marcus. Ihn freut es, wenn Karlheinz eifersüchtig ist.

Karlheinz geht ans Buffet. Ludwig steht mit einem zweiten Kerl, beide in Lederhose und Lederweste hinter der Theke. Auf der rechten Seite liegen die belegten Brötchen und links die süßen Kuchen. Die angebotenen Happen lassen Karlheinz das Wasser im Mund zusammenlaufen. Justus versteht wie man ein Buffet gestaltet.

Ludwig begrüßt ihn. „Hallo Karlheinz, ich richte dir eine Platte mit viel Mayonnaise."

„Bitte mit mehr Salat, ich mag's nicht so geil."

„Nicht geil? Deswegen kommt man doch her", korrigiert Ludwig.

„Ich brauche Informationen über Adolf Schranz."

„Richtig, du suchst einen Mörder. Was sonst? Wieso suchst du Adi hier bei uns?"

„Nein, Adolf wurde ermordet. War er auch hier Gast? Wer kann mir über seine Freunde was sagen?"

„Der dicke Adi. Der kommt selten zu uns. Den findest du meist im Klemper Puff. Da hat er sich in so ein Milchgesicht verknallt."

„Ich weiß, in Ferdinand. Wer ging sonst noch mit ihm?"

„Du meinst ins Bett? Keiner, er will, ich meine wollte nur küssen. Ein seltsames Verlangen."

„Was? Keinen Sex?"

„Nein, keinen Sex. Das kann unsereins nicht begreifen oder kannst du?"

„Nein", beide grinsen sich dreckig an. „Was weißt du noch über ihn?" Karlheinz findet, Ludwig kennt ihn ja doch gut.

„Adi war früher öfter hier und durfte sogar in die Separees hinauf. Doch, warum weiß ich nicht, plötzlich hatte der dicke Adi Hausverbot."

„Das ist interessant. Das werde ich Gustav fragen."

„Ab Mitternacht, bis morgen Mittag dürfen nur die intimen Klubmitglieder hier sein. Wieso gehört ihr eigentlich nicht dazu?"

„Wir sind überhaupt nicht Mitglied. Marcus darf nur rein, weil er der Hausbankier ist."

„Eben, ich finde, Marcus sollte Intim-Mitglied sein. Frag doch Gustav danach."

„Hm, das werde ich gleich machen", meint Karlheinz nachdenklich.

„Was dabei herauskommt interessiert mich brennend", schleimt Ludwig. „Übrigens mit Justus kannst du heute nicht sprechen. Er ist oben."

„Nach Mitternacht auch nicht?"

„Als Intim-Mitglied, sogar sofort", lacht Ludwig. „du weißt, wo Gustavs Büro ist?"

„Ja, danke."

Marcus sieht sich um. Fantastisch diese Tschechen, stellt er fest. Gut gebaute Körper, freundlich und scheinbar für vieles offen. Abwechselnd gehen sie zur, von Frank dem anderen Haus Boy bewachten, Türe hinüber in den anderen Bereich und kommen nach einer halben Stunde wieder heraus. Also doch ein Puff und die Burschen gehen am Strich, denkt Marcus. Er sieht Gustav in sein Büro verschwinden und folgt ihm.

„Karlheinz hat mich hergelockt, weil er über den dicken Adi Informationen braucht."

„Wen soll denn der Adi umgebracht haben? Warum kann es dein Lover nicht lassen? Dauernd sucht er bei mir im Haus Mörder."

„Es ist sein Beruf. Adi ist übrigens das Opfer."

„Was? Einer der Lustknaben? Na seine Küsserei war ja auch widerlich. Sogar mich hat er dauernd abgeschleckt. Nun, er war schon lange nicht mehr hier."

„Ein paar der Buben da draußen, würde es nicht stören. Geld hatte er ja."

„Pha, sogar ordentlich, doch er war geizig. Ich glaube, er hat den Geiz erfunden."

„Ist es denn bei dir so teuer?"

„Marcus, du kennst meine Finanzen. Was soll deine blöde Fragerei? Wenn du mit deinem Freund öfter kommen willst, mache ich euch ein günstiges Jahresabonnement."

„So, so, mit Massage Pediküre und etc.?", grinst schalkhaft Marcus.

„Dich kann ich auch in den oberen Bereich lassen. Du gehörst zur Gesellschaft."

„Mich?"

Gustav seufzt auf, „hm, ja, ich weiß nur nicht wie ich mich gegenüber einem Polizisten verhalten soll. Es sind Personen hier die in der Öffentlichkeit stehen. Viele sind nicht geoutet. Es geht um die Diskretion."

Marcus schüttelt den Kopf. „Also Karlheinz ist nicht trotz, sondern sogar wegen seines Berufs im gleichen Boot, wie diese Personen in der Öffentlichkeit."

„Rede mit ihm. Wenn Karlheinz es begreift seid ihr ab sofort Klubmitglieder und könnt euch jederzeit im ganzen Haus frei bewegen."

„Ich rede mit ihm. Karlheinz wird wahrscheinlich ablehnen. Er mag die schmutzigen Partys nicht."

„Es geht bei mir gesitteter zu, als in mancher Sauna. Du kannst mir nichts unterstellen", faucht Gustav.

„Ich bin ja deiner Meinung, nur…", Marcus lässt das „nur" offen.

Gustav versteht ihn auch so. Der Polizist ist eben doch ein Spießer, denkt er.

„Ah, da bist du ja", schreit Marcus über den Beckenrand, als er Karlheinz sieht.

Karlheinz kommt zu ihm. „Ludwig hat mir etwas von Intim-Mitgliedern erzählt."

„Ja ich darf sofort Mitglied werden. Vor dir hat Gustav Angst. Du bist ihm zu prüde und zu wenig diskret."

„Was heißt diskret? Glaubt er, ich lege von seinen Gästen Fahndungslisten an?"

„Ungefähr, es gibt Personen die nicht geoutet sind. Wenn du sie nicht erpressen willst, mach ich es eben", lacht schalkhaft Marcus.

„Er sollte im Gegenteil berücksichtigen, dass ich in solchen Fällen hinter ihm und seinen Gästen stehe", reagiert Karlheinz verschnupft. „Ich habe mit meinem Chef hier sogar diskret eine Leiche abtransportiert. Hat Gustav das vergessen?"

„Gustav ist zum Empfang vorgegangen. Sag es doch ihm. Mindestens einmal monatlich sollten wir uns Entspannen. Was meinst du?"

„Ja, und zur Abwechslung gehen wir auch ins Klemper Weinschlösschen."

„Ich habe befürchtet, dass du sexhungrig wirst."

Karlheinz geht in die Empfangshalle. Statt Gustav trifft er Horst. „Gehörst du nicht auf den Parkplatz?"

„Den habe ich gerade gesperrt. Nur wer weg will, darf es. Ihr solltet auch in einer Stunde Schluss machen."

„Deshalb will ich mit Gustav sprechen. Marcus hat es mit ihm abgeklärt."

Horst schaut mit zusammengepressten Lippen Karlheinz argwöhnisch an. „Ich habe nichts gegen dich. Doch wie wirst du dich verhalten, wenn du plötzlich vor einem hochgestellten

Beamten, womöglich von der Polizei oder dem Ministerium, stehst?"

Karlheinz begreift, wovor sie hier Angst haben. „So wie, wenn ich vor dir stehe. Ich werde mich fragen: Wen hat der Herr ermordet?"

Horst lächelt, „das ist es, du suchst dauernd Mörder. Gehen euch nicht schon die Leichen aus?"

„Kaum, die kugeln zu Hauff herum. Alleine hier im Keller liegen mindestens ein Dutzend."

„Marcus und du, ihr dürft bleiben. Aber geh ja nicht in den Keller."

„Weshalb?"

„Na wegen der Leichen", kichert Horst höhnisch.

Karlheinz geht nach rechts, durch die Türe auf der Privat steht. Er gelangt in eine zweite elegant im Tudorstil gestaltete Halle. Eine pompöse Stiege führt ins Obergeschoss. Der Haupteingang zur Halle führt zu dem zweiten versteckten Parkplatz. Mitten in der Halle steht eine bequeme Ledergarnitur. Groß genug für 15 Personen. Daneben zwei fahrbare Mahagonitischchen.

Von dem einen Tisch reicht Gustav einem elegant gekleideten älteren Herrn einen Schlüssel. Der Schofför des Herrn, ein großer kräftiger Kerl, lächelt erwartungsvoll. Er steht neben der Sitzgarnitur. In seiner Hand hält er ein kleines Köfferchen. „Im Theres-Zimmer, werden die Jünglinge begutachtet. Wir wählen den Burschen des Jahres", strahlt Gustav den Besucher an. Die zwei Männer steigen die Stiege hinauf.

Karlheinz kommt näher. „Ich will nur mit Justus sprechen."

„Das ist schwierig. Justus ist schwer beschäftigt. Er bereitet die Burschen vor."

„Im Theres-Zimmer?"

„Ja, dort. Die zwei Sieger will er einstellen. Sein Buffet wird immer begehrter. Im Keller hat er eine größere Küche geplant. Die muss er selbst finanzieren. Ich knappre noch am letzten Kredit."

Karlheinz steigt die Stiege hoch, um das Theres-Zimmer zu suchen. Ein lautes Rufen und Klatschen weist ihm den Weg. Er erwartet eine Riege nackter Burschen, die sich vor lüsternen älteren Männern darstellen.

In dem barock eingerichteten Salon sitzen, mehrheitlich voll bekleidet, über ein Dutzend Männer an den Tischen. Verschämt stellt Karlheinz fest, dass er einer der Wenigen ist, die nackt nur mit einem Badetuch um die Hüften in den Raum gekommen sind. Justus dirigiert drei 20-Jährige Burschen, die Essen und Getränke servieren. So sehr sich Karlheinz auch bemüht, er kann an den Kleidern der Kellner nichts Ungewöhnliches entdecken. Justus sucht für sein Restaurant nur qualifiziertes Personal. Karlheinz setzt sich an einen der freien Plätze. Sofort eilt ein Bursche her und fragt was er wünscht.

„Nur… ein Glas…", stammelt Karlheinz noch immer von der Erkenntnis verwirrt.

„Gerne, darf ich es mit etwas füllen?" Der hübsche, überaus charmante Jüngling hat auch eine sanfte angenehme Stimme.

Karlheinz fasst sich, „bitte mit Weißwein."

„Einen leichten Frühroten Veltliner oder etwas Kräftiges, wie Riesling oder Ottonell?"

„Haben Sie auch einen Muskat?" Karlheinz will jetzt testen ob und wie weit die Burschen vom Hotelfach sind..

„Einen Muskat Ottonell?"

Karlheinz nickt und bekommt das Getränk innerhalb einer Minute.

„Darf ich Sie auf die Abstimmungstaste hinweisen?"

„Hm?" Da entdeckt er eine Tastatur mit fünf Tasten von Rot bis Grün. Als der Junge weg ist, drückt er Grün. Der Kellner ist OK. Nach einer halben Stunde sind die Burschen weg und drei Neue nehmen ihren Platz ein. Karlheinz findet Spaß an der Aufnahmeprüfung und bestellt sich Schritt für Schritt, ein komplettes Menü. Ein paar Dilettanten glauben, sie machen mit koketten Blicken und Hüftwackeln Eindruck. Andere sind hervorragende Ober, die fantastisch beraten und servieren können. Nach Mitternacht kommt Karlheinz endlich dazu, Justus zu befragen.

„Ich will von dir mehr über Adolf Schranz wissen?"

„Der dicke Adi? Seine Küsse sind mörderisch. Ist wer daran gestorben?"

„Nein er wurde ermordet. Kennst du in der Szene jemand, der ihn nicht mag?"

„Gustav. Verhafte das Schwein. Er hat Adi vor, na vor, weiß nicht mehr genau, raus geschmissen. Dabei wollte Adi mit ordentlich viel Kapital hier einsteigen. Jetzt muss ich für die Küche und den Speisesaal bluten. Ist Marcus auch hier? Ich brauche ihn." Der letzte Satz klingt wie ein Hilfeschrei.

„Ja, er ist hier. Hatte Adi so viel Bares gehabt?"

„Schwarzgeld natürlich. Was er so bei der Neuvermietung der Wohnungen an Ablöse schwarz kassierte. Deshalb haben sie ja gestritten. Gustav ist überkorrekt geworden, seit ihn Otto mit der Geldwäsche rein gelegt hat."

„Wo hat er es gebunkert? Unter seinem Bett wurde kein Geldkoffer gefunden."

„Er hat es in Goldmünzen angelegt. Lauter Philharmoniker. Ludwig hat er die Bar, mit zwanzig Münzen, finanziert. Hi, hi, Ludwig gab sie mir, damit ich sie bei Marcus Bank in Geld wechsle."

„Ich werde mich erkundigen wo Adi sein Schließfach hat. Irgendwo muss es doch sein."

„Ich glaube nicht, dass er einer Bank vertraute. Er hat die Münzen sicher in seiner Wohnung versteckt."

„Wir, das heißt, die Spurensicherung, hat in den Räumen nichts gefunden."

„Haben die auch die Modellanlage zerlegt?" Justus kichert, er hat sich die Anlage einmal angesehen. „Da gibt es darunter, eine Menge Hohlräume."

„Keine Ahnung was die untersucht haben. Ich werde aber nachfragen."

Da später nur mehr die „Intimkunden" im Haus sind, wandern die VIP-Gäste in den Wellnessbereich hinunter. Man lässt sich massieren, rasieren, maniküren und pediküren. Alles dient der Pflege des Körpers und das in gleichgesinnter Gesellschaft. Karlheinz hat selbst in der Sauna oder Dampfkammer nichts erlebt, das nicht sonst auch üblich ist. Es ist einfach nur ein Ort für Männer, die unter sich bleiben und ihre Veranlagung nicht öffentlich kundtun wollen.

Als sie im Morgengrauen heimfahren meint Marcus, „es ist leider doch kein Puff."

„Welcher Jammer, jetzt musst du weiterhin mit mir vorlieb nehmen."

Karlheinz schreibt noch seinen Bericht, den er Gerlinde mailt und teilt ihr mit, „komme erst am Montag."

Max ist unterwegs um die Freunde auf Melzers Liste zu befragen. Gerlinde hat die Namen durch den Zentralcomputer gejagt und nichts Auffälliges gefunden. Von zwölf Burschen schafft Max nur vier. Die Kerle wohnen über die ganze Stadt verstreut.

Willy, ist wie Max gleich an der Wohnungstüre bemerkt, ein Eisenbahnfreak. Eine große Blechtafel mit einer Lokomotive darauf und ein kleiner Hinweis die Pfeife statt der Glocke zu benützen und der Name mit der Berufsbezeichnung Bahnhofsvorstand, erklären alles.

Max geht direkt vor. „Ich bin wegen Adolf Schranz hier. Der Mann wurde ermordet."

„Ach darum ist er nicht erreichbar. Ich war zweimal zum Klubtreffen dort und niemand hat aufgemacht. Na er hatte schon länger nichts Neues. Seine Anlage ist technisch von Gestern und verstaubt bereits."

„Wie gut kannten Sie Schranz?"

„Sie meinen privat? Gehabt habe ich nichts mit ihm, sein ständiges Küssen war schrecklich. Wenn nicht die tolle Anlage wäre, ich, ach was soll's. Ich bin nicht schwul, wenn Sie das noch interessiert."

„Was wissen Sie über die anderen Klubmitglieder?"

„Nichts, nur das ein paar wahrscheinlich schwul sind und bei ihm abkassiert haben. Gemeinsam treffe ich die Anderen nur bei unseren Ausflügen mit Sonderfahrten. Die hat Adi spitze organisiert und auch bezahlt."

„Da habt ihr nicht miteinander geredet?"

„Natürlich, über Lokomotiven, Bahnstrecken und Stellwerke. Sonst verbindet uns doch nichts."

„Gibt es ein Vereinsverzeichnis?"

„Nein, es gibt eigentlich keinen Verein. Ein paar Kerle sind gekommen und wieder weggeblieben. Wir waren nicht ständig bei Adi. Es war halt doch das blöde Küssen, ohne dem wäre es ein fantastischer Klub geworden."

„Aber woher wussten Sie zum Beispiel, wann wieder eine Veranstaltung stattfindet?"

„Adi schickte mir immer eine Einladung."

„Also gibt es eine Liste. Er hat die Adressen doch nicht alle im Kopf gehabt."

„Vermutlich hatte Adi eine. Ich habe die Liste jedenfalls nicht."

„Wie viele werden auf der Liste sein?"

„Das weiß ich auch nicht. Vielleicht dreißig oder fünfzig. Mehr kaum."

„Danke, auf Wiedersehen", Max geht, die Informationen sind mehr als dürftig.

Mark grinst nur als sich Max vorstellt und ihm sagt weshalb er gekommen ist. „Einmal habe ich ihn an mir herumfummeln lassen, dann habe ich das Haus gemieden. Ich bin zwar auf Männer eingestellt, aber Adi war nicht gerade mein Traum."

„Waren Sie auch bei den Ausflügen dabei?"

„Ja, zweimal. Ich bin mehr für die Modellanlagen. Interessant ist für mich die Digitalisierung des Fahrablaufes. Da war Adis Anlage schon etwas rückständig. Bei den Ausflügen wurden auf alten Garnituren Nebenstrecken befahren. Mich ödete das Herumfahren mit alten Dampfloks an. Andere Kerle waren allerdings davon begeistert. Fragen Sie die."

Ladislaus ist der einzige der betrübt auf die Todesnachricht reagiert. „Warum? Er war doch ein harmloser netter Kerl. Seine Küsse waren unangenehm, mein Gott man gewöhnt sich dran. Mich hat er zu mehreren Sonderfahrten der Eisenbahnfreunde mitgenommen."
„Er war sehr sparsam, heißt es", Max interessiert, ob der junge Mann finanziell profitiert hat.
„Nicht immer. Er verstand was vom Essen und Trinken. Mich hat er zu den Ausflügen immer eingeladen und da war er sehr freizügig."
„Ist Ihnen da etwas aufgefallen? Hat ihn einer bedroht oder beschimpft?"
„Nein, es war jedes Mal lustig."
„Danke, auf Wiedersehen", es gibt wie sonst auch über Schranz widersprüchliche Aussagen.

Moritz, der letzte an diesem Tag, ist eine Plaudertasche die Max nicht einbremsen kann. Nachdem er ihm sagt, weshalb er hier ist, legt Moritz schon los, „Der Adi, meiner Seele, der wollte immer nur schmusen. Kaum war ich in der Küche, legte er los. Mehrere Begrüßungsküsse, die Umarmung bei der er das Getränk reicht. Gläser mit einer offenen Flasche standen immer bereit. Dann musste man durch dieses irre Boudoir kommen, um endlich die Anlage zu sehen. Also ich kenne Leute mit größeren Modellanlagen. Aber er hat einige seltene Lokomotiven. Alle Dampfbetrieben. Für jemand der Computer verabscheut, hat er eine fantastische elektronische Steuerung. Na ein paar von seinen Freunden haben das meiste gemacht. Eine Anlage, wie sie sich nur wenige leisten können." Er holt kurz Luft und setzt fort. „Die von ihm organisierten Ausflüge waren Spitze. Das macht ihm keiner so schnell nach. Oft sind wir von Straßhof in alten Waggons von historischen Loks gezogen den ganzen Tag herum gefahren. Einmal hat er den Majestic Imperator organisiert. Das muss ihm ein Vermögen gekostet haben."

Moritz redet weiter wie ein Wasserfall. Max sucht das Weite. Er schafft es einfach nicht, gegen diesen Wortschwall, eine seiner Fragen anzubringen.

3 Samstag

Gerlinde sieht keinen Sinn das Wochenende im Büro zu verbringen. Sie hat Jürgen ein Mail auf seinen Bildschirm gestellt. „Bin am Montag um acht im Büro."
Jürgen gibt ihr recht, als er es liest.
Dafür begrüßt Jürgen Max, der nur seinen Bericht abgeben will. „Es tut mir leid, aber ich will, dass du die Befragung der Kerle fortsetzt."
„Das ist dieses Wochenende kein Problem. Irene hat auch Dienst im Frauenhaus."
„Bin ich froh dass du bereit bist. Ich fasse nur die bisherigen Ergebnisse zusammen, dann mache ich Feierabend."

Max liest kurz durch, was bisher bekannt ist, dann macht er sich auf. „Heute treffe ich von den Kerlen sicher mehr zuhause an."
Er besucht zwei zusammen lebende Burschen. Herbert und Theo.
„Das ist aber schade. Er war ein bequemer Sponsor", meint Theo.
„Na so bequem war er auch nicht. diese ständige Schmuserei. Mit den Kerlen die mit bei den Ausflügen waren, konnte man auch nichts anfangen", murrt Herbert.
„Gab es Reibereien mit den Eisenbahnfreunden?"
„Überhaupt nicht, er war bequem", bestätigt Theo nochmals. Herbert ist anderer Meinung. „Die Ausflüge der Eisenbahner waren oft anstrengend. Wir sind nur mitgefahren, weil immer so irre Kerle dabei waren. Nur einmal haben wir einen ins Bett abgeschleppt. Im Grunde genommen war es schade um die Zeit."

Als Max die zwei abhackt, ruft ihn Irene an. „Vor meinem Frauenhaus stehen gleich zwei wilde Typen. Mir ist unklar wieso die wissen, dass die Frau hier ist. Kannst du bitte zu mir kommen?"

„Hast du die Streife verständigt? Wir haben gerade einen Fall."

„Gewaltdelikte", schmollt Irene. „Dazu kommt es hier sicher, sobald Frau Thorwald die Straße betritt. Kommst du erst, wenn sie als Leiche herumliegt?"

„Gut ich komme. Die Befragungen kann ich anschließend fortsetzen." Max hält sowieso nichts von den Zeugen, auf Melzers Liste und eilt zu Irene.

Er sieht die zwei Männer, die sich vis-à-vis in einen Torbogen drücken. Er geht erst rein, um mit Irene zu sprechen. „Wer sind die zwei?"

„Der Gatte Bruno und Sohn Arnim. Plötzlich heute um zehn sind sie vorm Haus aufgetaucht."

„Wollten sie herein?"

„Der Sohn war hier und hat geschrien: Die Alte soll sein Geld herausrücken. Ich habe ihm sanft den Weg versperrt und hinausgedrückt."

„War er gewalttätig? Was für ein Geld?"

„Er hat geschrien aber nicht gedroht. Mich hat er auch nicht angerührt. Was er mit dem Geld meint weiß ich nicht. Die Thorwald sagt mir auch nichts."

„Schön, ich gehe raus und frage die Zwei was sie wollen." Max geht raus.

Er will über die Straße gehen, doch da sind sie schon bei ihm. „Haben Sie mit meiner Mutter gesprochen?", will der Jüngere wissen.

„Nein, was wollen Sie von ihr?" Max fällt auf, dass der ältere ungefähr 50-Jährige kaum stehen kann. Der hat sicher mehr als zwei Promille ist Max überzeugt.

Mit zornesrotem Gesicht erklärt der Jüngere, „Mutter hat mein Geld genommen. Das will ich zurück."

„Und Sie?", Max schaut den sabbernden Gatten an.

„Sie soll es ihm zurückgeben. Arnim hat sichs im Häfen verdient."

„Ach", Max wird hellhörig. „Sie sind aus dem Gefängnis?"

Arnim nickt, „ja, ich hab hart geschuftet und nun hat die Alte meinen Zaster. Das ist doch ungerecht. Wie soll ich da sauber bleiben?"

„Seit wann sind Sie heraus?"

„Seit einem Monat. Zuerst war alles Paletti, dann hat sie von mir plötzlich mehr verlangt und vor zwei Wochen hat sie sich alles genommen und ist abgehauen. Ich habe lange gebraucht bis ich erfuhr wo sie ist."

Der Gatte schwankt leicht, „dabei hat Arnim mit einer Goldmünze bezahlt." Max fürchtet, er schlägt der Länge nach hin.

„Kusch, du alter Trottel. Du bist noch blöder, als die Schlampe da drin."

„Wieso", lallt er weiter. „Du hast bezahlt, das habe ich gesehen. Auch beim Wirt, hast mir meine Schulden bezahlt."

„Es ist besser, ihr geht nach Hause. Frauen haben ein Recht auf Schutz, wenn sie zuhause geschlagen werden." Max will mäßigend einwirken.

„Schlagen? Wer? Du Arnim, du schlägst die Mutter?" Der Ältere schaut aus seinen roten verquollenen Augen drohend seinen Sohn an.

„Unsinn, Mutter ist da drin weil sie mein Geld hat. Schauen Sie sie doch an ob sie verletzt ist." Arnim faucht wütend.

„Geht trotzdem Heim. Ich rede mit ihr." Max dreht sich um und geht wieder ins Frauenhaus.

„Kann ich mit Frau Thorwald reden?"

„Mir hat sie nichts gesagt." Irene ist viel zu sehr auf den Schutz hilfloser Frauen eingestellt, sodass sie manchmal übersieht, dass es auch umgekehrt sein könnte.

„Hat die Frau Verletzungen? Hast du dir die Frau angesehen? Wann ist sie zu dir gekommen?"

„Du stellst viele Fragen. Bist eben ein Polizist", murmelt Irene verwirrt, weil Max ihre Meinung infrage stellt. „Sie ist seit vierzehn Tage hier. Nein Frau Thorwald hatte keine äußeren Verletzungen. Sie wurde bedroht, dass genügt. Gekommen ist sie mit einem Koffer. Geld, wie dieser Bengel behauptet, hatte sie keines. Sie musste am folgenden Tag zur Bank um Bares abzuheben."

„Lass mich mit ihr reden." Max beharrt darauf. Der Vorfall kommt ihm seltsam vor.

„Gut", Irene führt ihn in ein Zimmer, in dem eine 40-Jährige, ungepflegte Frau in einem schäbigen Rock, aber einer brandneuen sichtbar teuren Bluse sitzt.

„Frau Thorwald ihr Sohn behauptet, dass Sie sein Geld das er im Gefängnis verdiente genommen haben."

„Lüge!", kreischt die Frau auf. Irene zuckt zusammen und beginnt Max zu verstehen. Hier stimmt etwas nicht. „Das Früchtchen, hat doch nichts aus dem Häfen mitgebracht."

„Sicher? Darf ich in Ihren Koffer blicken?" Max schaut auf dem unter dem Bett gelagerten Koffer.

„Das dürfen Sie nicht! Das ist mein Privateigentum", brüllt sie wie am Spieß.

„Es ist doch nur, damit wir den Vorwurf ihres Sohnes aus der Welt schaffen. Hier sind Sie sicher", mischt sich Irene beruhigend ein.

„Das ist meins! Ich habe es angeschafft."

Max muss schmunzeln als sie „angeschafft" sagt. So wie die Frau aussieht, hat sie sicher nicht am Strich angeschafft.

„Ich schau jetzt rein", Max fasst nach dem Koffer und zieht ihn hervor.

Da stürzt sich Anna Thorwald drauf und legt sich drüber.

„Nein, nein, das dulde ich nicht", keucht sie mit geschlossenen Augen. Die Hände in den Koffer gekrallt.

Irene schwankt. Was soll sie tun? Max darf keine Gewalt anwenden. Nicht solange sie dabei ist. Also verlässt sie das Zimmer und hofft das es gut ausgeht.

Anna schaut Irene entsetzt mit weit aufgerissenen Augen nach. Angst kriecht in ihr hoch, sie beginnt zu zittern.

„Kommen Sie, was ist denn so furchtbares in dem Koffer?" Nun versucht es Max mit ruhiger Stimme. Die Frau schluchzt auf und gibt den Koffer frei. Max öffnet ihn. Außer Lumpen sieht er zuerst nichts. Dann entdeckt er ein großes rotes Leder Etui. Er öffnet es und muss tief Luft holen.

„Woher ist das Gold?" Hunderte Philharmoniker einzeln in Plastikhüllen füllen das Etui.

„Das hat der Bub gleich nachdem er aus dem Häfen ist heimgebracht."

„Kommen Sie mit mir mit. Im Landeskriminalamt werden Sie ein Protokoll unterschreiben. Dann gehen Sie nach Hause. Im Frauenhaus haben Sie nichts zu suchen."

Max nimmt das Etui an sich. Irene schaut ihrem Mann nur verwundert nach, als er mit dem Koffer in der Hand Frau Thorwald hinausbegleitet.

Er bringt Frau Thorwald zum Diebstahlsdezernat. Die sollen sich um den Diebstahl oder Raub kümmern. Für ihn ist die Sache erledigt.

Anschließend setzt er sich kurz in sein Büro um den Bericht über Theo und Herbert zu schreiben.

Sie sind ein Paar und haben sich von Adi eine Unterstützung erwartet. Sie haben von dem älteren Herrn regelmäßig kleine Geschenke bekommen. Die Modell-Eisenbahn hat sie nicht interessiert.

Ich mache Schluss das bringt nichts, resigniert Max und geht heim.

Gerlinde ist mit Roland in Turnau bei der Familie Sorel angekommen. Die frisch verheiratete Schwester hat den Bauernhof übernommen. Ihr Gatte ist bei der Bundesbahn. Gerlinde wird fröhlich aufgenommen.

„Bring ihn endlich an die Kette", fordert Kathi. „Roland ist alt genug um eine Familie zu gründen."

Ich bin es auch, denkt Gerlinde. Die offene Art mit der ihr die Eltern und auch die Schwester entgegenkommen baut sie auf. Endlich kein verstecktes Verhältnis so wie sie es mit Claudius hatte.

„Ich bin bei der Kriminalpolizei", gesteht sie im Laufe des Gesprächs.

„In unserer Familie sind die Männer immer bei der Bahn", lacht Kathi. „Stört es dich nicht, wenn Roland zum Wochenende Dienst hat?"

„Er hat wenigstens geregelten Dienst. Mich trifft es öfter unverhofft."

„Kriminalpolizei?", lauert Rolands Mutter. „Sind das nicht schreckliche Leute? Einbrecher und Mörder."

„Ich jage die Verbrecher. Jetzt suchen wir einen Mörder, der einen romantischen Eisenbahnliebhaber erstochen hat."

„Meinst du einen von den Verrückten, die die Sonderfahrten mit alten Dampfloks veranstalten?" Roland hatte bisher mit Gerlinde nicht über ihren Beruf gesprochen.

„Ja, sie nennen ihn den dicken Adi", schmunzelt unbefangen Gerlinde.

„Ach, der dicke Adi ist Tod? Ich habe ihm geholfen, seine monatlichen Fahrten zu organisieren. Ich habe öfter dienstlich in Straßhof zu tun. Für die Kollegen im Museum gibt's vom Adi immer einen schönen Zuschuss. Adi lässt sich sein Vergnügen einiges kosten. Ist er wirklich Tod? Was sagtest du? Ermordet?"

„Ja, du kennst ihn?" Gerlinde ist weg. Da fährt sie privat in die Steiermark um zu entspannen und erfährt dabei Näheres über das Mordopfer.

„Ja, er hat immer einen Waggon bestellt. Ich habe mit ihm die Strecke und die Zeiten geplant. Er hat die Burschen so an die vierzig immer eingeladen. Komisch war, wie er immer herum geküsst hat. Fast könnte man glauben, er ist schwul. Aber die Burschen haben darüber nur gelacht."

„Er soll homosexuell sein. Hat ihn jemand bedroht?"

„Bedroht? Na ja da war Einer, der hat gebrüllt, dich bring ich noch um. Ich glaube er heißt Ferdinand, zumindest hat ein Anderer ihn so angesprochen. Dabei schaute der Knabe aus, als ob er keine Fliege erschlagen kann."

„Gab´s Raufereien?"

„Geschrei ja öfter, aber gerauft haben die nicht. Sonst waren sie immer laut aber fröhlich drauf. Verdammt ich muss die momentane Planung abblasen. Bist du sicher, dass dieser Adi tot ist?"

„Wenn's dein Adi ist? Ja, der ist mausetot."

„Dieser Ferdinand mit dem er gestritten hat wird kaum der Mörder sein, der ist ein richtiges Kind", bestätigt Roland nochmals.

„Sicher, Ferdinand beerbt den Adi", schmunzelt Gerlinde. Sie hat sofort erfasst, um wen es geht.

„Du kennst ihn?"

„Wir klopfen immer das Umfeld der Opfer ab. Das Testament enthüllt uns, wer vom Tod profitiert."

„Wenn du hier geblieben wärst, statt nach Wien zu gehen, müsste ich keine Angst um dich haben", meint die Mutter vorwurfsvoll.

„Du brauchst doch keine Angst um mich haben", lacht Roland. „Beruflich komme ich in Wien einfach weiter."

„Betrachtest du mich als die Gefahr", spöttelt Gerlinde. „Wir haben uns in Wien kennengelernt."

„Nein du bist keine Gefahr", sie schüttelt den Kopf. „Es sind nur die vielen Verbrecher, die es in Wien gibt. Hier bei uns ist alles ordentlich. Wann hat es hier je einen Mord gegeben?"

„Mein Chef war vorher in Graz und hat die steirischen Gauner gejagt. Da gab's auch einige."

„Mörder in Graz? Das kann schon sein. Aber sicher nicht so viele wie in Wien."

Kathi mischt sich ein und ändert das Thema. „Wenn ihr euer Nest bauen wollt, wollt ihr es in der Stadt oder am Stadtrand haben?"

Roland errötet, „noch ist es nicht so weit."

Gerlinde schmunzelt, „ein Häuschen am Stadtrand wäre nicht schlecht. Bequemer ist allerdings eine Wohnung im Zentrum."

„Nun, ein Häuschen mit Garten macht auch Arbeit", ergänzt Roland.

„Dafür habt ihr dann eigenes frisches Gemüse", meint die Mutter. Sie kann sich ein Leben ohne Gemüsegarten nicht vorstellen.

Roland wehrt ab, „noch ist es nicht soweit", wiederholt er.

Damit endet auch dieses Thema.

4 Sonntag

Jürgen erzählt beim Frühstück seinen Fall. Lisa hört ihm, wie jedes Mal aufmerksam zu. Sie weiß Jürgen tut es damit sie mit ihren laienhaften Fragen, Lücken in seiner Ermittlung aufzeigt.

„Interessant ist das Testament des Opfers. Da gibt es den Haupterben, einen jungen Burschen, der die Häuser in Wien bekommt. Dann die Nichte, die ihn hasst, ihr überlässt er zwei Häuser in Wördern. Ein Herr Klemper, der ein Haus in Tulln erbt. Komisch ist das Erbe das Ludwig Bock bekommt. Es soll eine Münzensammlung sein. Wir haben bisher keine Münzen gefunden. Schließlich das Privatkonto, das wird vom Anwalt verwaltet, von dem er die Kosten der Beerdigung begleichen und sonstiges erledigen soll. Was übrig bleibt ist sein."

„Nimm dir doch wie üblich die Erben einen nach dem anderen vor", unterbricht Lisa ihn.

„Du hast gut reden. Offiziell kenne ich das Testament noch nicht. Die Erben dürfen es auch noch nicht erfahren."

„Wann wird's veröffentlicht?"

„Das werde ich werde Melzer, den Anwalt, gleich am Montag in der Früh anrufen und fragen."

Max erledigt die letzten Adressen. Wie zu erwarten gibt es wenig Erkenntnisse.

Gerhard erzählt ihm von einem Tresor, der in Adis Wohnung sein soll. „In der Küchehat er ein Safe, wo weiß ich nicht. Einmal hat er mir einen Philharmoniker gegeben. Geholt hat er ihn von draußen. Als er ihn mir ins Wohnzimmer brachte war ich paff."

„Wofür hat er ihn dir gegeben?", Max findet, ein fürstliches Honorar für ein paar Küsse. „War's der Große?"

„Ja, deswegen war ich ja weg. Dabei war wirklich nichts, nur das übliche Schmusen."

„Wo in der Küche? Die Spurensicherung hat keinen Tresor gefunden."

„Das weiß ich doch nicht. Ich bin im Zimmer auf den Kissen gelegen und er ist von unten her zu mir gekrochen. Die Münze hat er mir mit der ausgestreckten Hand gereicht."

„Na die hat er doch aus einer der Laden genommen."

„Nee, da gibt's ganz sicher einen Tresor. Er selbst hat es mit gegenüber öfter behauptet."

„Mit einer Goldmünze drin?" spöttelt Max.

„Geh wo, als ich die Münze nahm, hatte er noch geprahlt und behauptet: Da gibt es noch Hunderte, wo ich das Goldstück geholt habe. Du könntest einige davon Bekommen."

„Schön, danke für Heute." Max verabschiedet sich. Das mit den Münzen hält er für einen Schmäh.

Später als er bei Josef ähnliches hört, wird er stutzig.

„Zu Weihnachten hat er mir eine Prämie bezahlt", kichert der Bursche. „Eine Goldmünze, frisch aus seinem Tresor."

„Er hatte einen Tresor? Wo?"

„Das weiß ich nicht. Ich habe an der Modellanlage gerade einen Schaltkreis repariert. Da ist er aus seinem Schlafzimmer mit dem Goldstück rein gekommen."

„Was für eine Münze war es?"

„Ein großer Philharmoniker. Ich habe ihn gleich in Geld umgewechselt."

Max beschließt den Tresor und die Goldmünzen im Tagesbericht zu erwähnen.

„Marcus lass uns nochmals in die Hinterbrühl fahren. Gustav muss mir noch einiges erklären."

„Aber Karlheinz, wir müssen doch heute bei deiner Mutter Mittagessen."

„Das dauert höchstens bis drei Uhr. Danach fahren wir raus."

„Gut, was machst du anschließend mit dem Mörder?"

„Vernaschen was sonst", kichert Karlheinz.

„Der Mörder ist Gustav, behauptet zumindest Justus."

„Hm, den vernasch ich nicht."

Sie genießen in aller Ruhe ein Mittagessen bei Karlheinz'
Mutter. Es ist wie schon mehrmals in den letzten Monaten, ihr
holländischer Freund Gustaf dabei.
Marcus blödelt und fordert Karlheinz auf, „wir müssen nicht
anschließend in die Hinterbrühl fahren. Gustav kannst du hier
und sofort befragen."
„Du hast Fragen an mich?", staunt Gustaf.
„Nicht an dich, an einen anderen Gustav."
Das Essen dauert bis vier Uhr, danach fahren Marcus und
Karlheinz in die Hinterbrühl.

Marcus fährt den Porsche direkt zum VIP-Parkplatz. „Mal
schauen, ob sie uns lassen?"
Man lässt sie. Horst winkt ihnen zu als sie aussteigen. In der
pompösen Halle empfängt sie Justus mit einem Sektglas.
„Hallo, seid mir willkommen. Suchst du nur eine Leiche oder
einen Mörder?"
„Ich will von Gustav mehr über seinen Streit mit Adi wissen.
Was weißt du darüber?"
„Ich glaube es ging ums Geld. Mir wollte Adi einen größeren
Betrag spendieren, wenn ich einen Delikatessenstand nach
seinen Vorstellungen aufbaue. Gustav hat nur geschrien und
gebrüllt, dass sowas nur über seine Leiche ginge. Ich fürchte
das es dabei um Ludwig ging."
„Eifersucht? Hat dein Ludwig den beiden Trotteln schöne
Augen gemacht?"
„Ich hasse den Kerl!", schreit Justus auf. „Ständig fummelt er
an anderen Männern herum. Sogar an alte Tunten vergreift er
sich bereits."
„Ich fürchte, Karlheinz muss nun dich verhaften. Du hast Adi
aus Eifersucht ermordet", lacht ihn Marcus aus.
„Was brauche ich noch Feinde? Wenn ihr meine Freunde
seid", tobt Justus weiter.

Karlheinz der das Testament kennt, fürchtet, Justus ist zu recht eifersüchtig. „Es war sicher nichts. Ludwig hat mit den Beiden besten Falls geschäkert. Beruhige dich bitte."

„Gustav findet ihr im Theres-Zimmer. Du kennst den Weg ja bereits."

„Was macht er dort? Personal testen?"

Justus hat sich beruhigt, er strahlt: „Eine Hochzeitstafel. Einer vom ORF hat sich mit seinem Liebhaber von Pater Jerome segnen lassen. Outen wollen sie sich nicht, daher gibt es keine eingetragene Partnerschaft."

„Beim ORF haben sich doch schon welche geoutet? Weshalb wollen die zwei nicht?" Marcus versteht es nicht. Er meint es sollten sich so viele wie möglich outen, dann wird die Sache selbstverständlicher.

Justus zuckt mit den Schultern. Ihm ist es egal. „Ich kenne nur zwei Mitarbeiter die sich outeten. Einer erst nachdem er in Pension ging."

Karlheinz und Marcus steigen die Stiege hinauf, um in den großen Salon zu gehen. Gustav kommandiert eine Gruppe junger Männer die einen langen Tisch festlich decken.

„Karlheinz? Was suchst du hier?", brüllt er zur Begrüßung als sie eintreten.

„Ich will von dir wissen, weshalb du dich mit Adi gestritten hast?"

„Das geht dich einen Dreck an. Geht in den Wellnessbereich. Übrigens Marcus, euren Mitgliedsbeitrag habe ich noch nicht bekommen. Wenn ich nicht rechtzeitig die Rückzahlungsraten zahle habe ich schon Tage vorher deine Mahnung in der Post."

„Schon gut, ich werde ihn gleich morgen überweisen. Gestehe nur rasch. Warst du hinter Ludwig her?"

Gustav der gerade wütend auf einen der Burschen deutet, schnauft auf. „Justus der Depp. Sicher gefällt mir der junge Kerl, doch ich bin noch nicht so verkalkt, dass ich mich mit Ludwig einlasse."

„Weshalb bist du noch ohne Freund? Trauerst du Otto noch immer nach?" Karlheinz vermutet, das es bei dem Streit doch um mehr ging.

„Ihr jungen Burschen könnt es nicht begreifen. Wenn man als älterer seinen Partner verliert, verliert man einen Teil seines Lebens. Wenn man miteinander alt wird, spielt es keine Rolle, dass der Geliebte auch etwas abgenützt aussieht. Man liebt sich eben und ist an den anderen gewöhnt."

„Viele suchen trotzdem etwas Junges", stochert Karlheinz weiter.

„Otto hat es getan. Ich fürchte er ist dabei nicht glücklich."

„Nimm dir doch einfach einen der vielen Burschen die hier herumlaufen." Karlheinz lässt nicht nach.

„Genau das ist mein Problem. Vertrauen kann ich doch nur jemand in meinem Alter aber Gefallen tun mir nur die Buben. Ludwig und du übrigens auch, ihr seid meine Kragenweite. Das reicht für Sex doch niemals um mein Partnerzu werden", resignierend kopfschüttelnd wendet sich Gustav ab.

„Worum also ging's bei deiner Auseinandersetzung mit Adi?" Karlheinz denkt nicht daran sich vom Thema abbringen zu lassen.

„Worum ging's wohl? Ums Geld natürlich." Er schaut die zwei Freunde mit verkniffenem Mund an. „Ja er hatte mir Geld gegeben. Es handelte sich um Schwarzgeld also gibt es dafür keine Belege. Jetzt profitiere ich von seinem Tod da niemand der Erben es von mir zurückverlangen kann. Ich bin quasi ein Erbe so wie die anderen Erben. Bist du nun endlich zufrieden? Herr Bezirksinspektor."

„Er wollte doch auch Justus finanzieren. Was war damit?", mischt sich Marcus ein.

„Er wollte den Ausbau statt über Justus selbst finanzieren und das hat mich auf die Palme gebracht."

„Das kann dir doch egal sein ob Justus oder Adi der Finanzier ist", Marcus versteht noch immer nicht worum es geht.

„Er wollte dafür eine Beteiligung am Hotel. Er wollte dass ich ihn sogar ins Grundbuch eintragen lassen. Dabei hatte er doch schon genug Häuser. Aber wie alle diese Geier konnte er nicht genug kriegen."

„Ja, ja. Da ist es besser du holst dir das Geld von mir, von der Bank", strahlt Markus Gustav an.

„Bei den Zinsen die du verlangst. Adi ist günstiger, der weiß ja auch nicht wohin mit seinem Geld."

„Siehst du Gustav, dein Geständnis war nicht so schlimm", grinst Marcus. „Lass uns den Abend am Pool abschließen", meint er zu Karlheinz.

Sie lassen sich zurück bei Horst eine Kabine geben und gehen sich in der Sauna aufwärmen.

5 Montag

Jürgen hält im mittleren Büro, dem Raum der Inspektoren, die Besprechung ab. Nachdem alle, alle Informationen kennen, ruft Jürgen Melzer an. „Die Leiche wurde freigegeben. Wann werden Sie das Testament verlesen?"

„Ich wollte Sie gerade anrufen. Die Erben habe ich gestern verständigt. Heute um zehn Uhr bei mir im Büro."

„In welchem? In der Innenstatt oder in Neustift?"

„In Neustift. Ich nehme an, dass die Erben anschließend ein Gläschen trinken wollen."

„Im Testament steht etwas von Münzen, wissen Sie, wo die sind?"

„Nein woher? Ich dachte, die Polizei hat sie in der Wohnung gefunden." Melzer hat schon die Bank gefragt. Es gibt kein Schließfach.

„Nein in der Wohnung haben wir die Münzensammlung nicht gefunden. Ich komme zu Ihnen." Jürgen liebt Testamentseröffnungen und Begräbnisse. Da er glaubt der Täter ist meist unter den Erben und er von der Mimik der Leute abliest was sie empfinden.

„Gerlinde stellst du die Vorladungen für die Erben aus. Ich verteile sie, gleich in Neustift."

„Gleich für Heute?"

„Sicher, ich will's endlich hinter mir bringen. Einer von den Erben war´s."

Die Testamentseröffnung bringt Jürgen nichts Neues.

Ferdinand jubelt auf, er beginnt am Sessel herum zu hüpfen. „Megageil! Der liebe Adi", quietscht er.

Die Nichte knurrt nur, „das habe ich ohnehin in all den Jahren abgearbeitet. Außerdem hatte er meiner Mutter damals viel mehr gestohlen."

Klemper sitzt still dabei. Jürgen vermutet, er hat von seinem Freund Melzer schon früher von dem Haus, das er in Tulln erbt, erfahren.

Ludwig lacht verwundert auf. „Ich bitte euch, was soll ich mit einer Münzensammlung? Wem hat Adi eigentlich seine Eisenbahnanlage vererbt?"

„Die Wohnung soll ich auflösen und den Erlös auf das Privatkonto legen." Melzer weiß nicht, wie er Ludwig die fehlenden Münzen erklären soll.

„Das rote Sofa kaufe ich dir ab. Das stelle ich mir als Trophäe auf." Ludwig ist lediglich belustigt. Jürgen wundert sich, dass der so hart aussehende Mann, so kindisch ist.

Jürgen steht auf und verkündet. „Ich bitte alle Anwesende anschließend zu mir aufs Landeskriminalamt zu kommen. Die Vorladungen habe ich mit. Es ist nur reine Routine. Da der Erblasser ermordet wurde."

Im Landeskriminalamt beginnt die Befragung der Erben. Es wird das Aufnahmegerät eingeschaltet und dann werden von jedem der Name und die anderen Daten aufgenommen.

Jürgen und Karlheinz sitzen Ferdinand und Melzer gegenüber. Nachdem Karlheinz die Formalitäten mit dem Gerät aufgezeichnet hat beginnt er.

„Ferdinand, zuerst brauche ich von dir, wie von allen Erben, ein Alibi."

Ferdinand Zawadil wehrt sich. „Ich habe vom Erbe nichts gewusst. Wann wurde er den ermordet?"

„Am achtundzwanzigsten März am Vormittag."

„Ha da war ich zur Tatzeit nicht in Österreich. Ich kann eine Hotelrechnung vorlegen. Ich war in Rumänien und die Leute dort werden bestätigen, dass ich dort war."

Doktor Klaus Melzer sein Anwalt beschwichtigt: „Beruhige dich Ferdinand. Mir wurde versichert, dass du nur als Zeuge hier bist." Dabei schaut er Karlheinz drohend an. Wehe, wenn nicht, will er damit sagen.

„Richtig, ich will von dir wirklich nur wissen, wer deiner Meinung nach dafür infrage kommt? Wir haben alle Freunde der Eisenbahn befragt. Gibt es da Zwistigkeiten?"

„Nein, die Eisenbahnfreunde sind zwar alle Spinnen, aber harmlose Narren."

„Du warst öfter mit. In Straßhof hast du mit Adolf gestritten. Um was ging es da?"

„Wann? Ich habe manchmal seine Küsse abgewehrt. Sicher habe ich nie mit ihm gestritten."

„Ein Zeuge behauptet du hast ihm gedroht."

„Nochmals, wann soll das gewesen sein?", mischt sich Melzer ein. „Seine Nichte hat ihn gehasst. Frag doch bitte die wo sie war."

„Die Erbin wurde schon befragt. Sie hat ebenfalls ein Alibi", erklärt Karlheinz.

„Von der Familie", höhnt Melzer.

„Ja etwas wenig trotzdem ist die Spur kalt."

„Was wenn's ein Raub war? War den der Tresor hinter dem Eisschrank unbeschädigt? In dem hat Adi einiges aufbewahrt." Ferdinand schaut Karlheinz herausfordernd an.

„Was für ein Tresor?" Karlheinz schaut fragend zu Scheibe. Dahinter schauen sich Gerlinde und Max erstaunt an. Max ist, nachdem zwei Zeugen von Goldmünzen sprachen, nochmals in Adis Wohnung gegangen und hat keinen Tresor gefunden.

„Na, der große zweitürige Kühlschrank rollt, wenn man die Zitronenpresse rückwärts laufen lässt einen Meter nach vor. Dahinter befindet sich ein großer Tresor in der Wand."

„Ach, interessant. Wie ist die Kombination?"

„Das weiß ich doch nicht. Ich fürchte außer Adi, kennt sie wahrscheinlich niemand."

„Warum hast du mir nichts von dem Tresor gesagt?", knurrt Melzer.

„Wozu? War doch eh die Polizei dort. Die haben ihn sicher gefunden."

„Nein haben wir nicht", meldet sich Jürgen. „Entschuldigt, wenn ich verschwinde", hastig steht Jürgen auf, um mit den nötigen Kollegen nach Meidling zu fahren.

„Hast du sonst noch so was Unwichtiges?", lauert Karlheinz.

Auch Melzer lauert, „blockiere nicht länger. Karlheinz tut wirklich nur seine Pflicht. Das mit dem Tresor sollte ich auch als Testamentsvollstrecker wissen. Schließlich vermisse ich eine Menge Goldmünzen."

„Ja und ich lege dir Marcus als Finanzfachmann ans Herz." Es rutscht Karlheinz raus, als er Marcus bettelndes Gesicht im Geiste vor sich sieht.

Melzer lacht, „das ist unzulässige Werbung. Aber wir werden deinen Sonnyboy aufsuchen."

Als Karlheinz den Raum verlässt, droht ihm Gerlinde mit dem Finger, „hast du wenigstens das Gerät abgestellt?"

„Hm", meint er nur.

Jürgen betritt mit dem Team Schranz´ Wohnung. Es ist wie Ferdinand beschrieben hat. Niemand hat nach dem Tresor gesucht und den Trick mit der Zitronenpresse entdeckt. Als der zwei Meter hohe Kühlschrank nach vor rollt sehen sie, das der Tresor aufgeschweißt wurde. Darin gähnende Leere.

Jürgen schnauft. „Da war sicher die Münzensammlung drin. Wer kann uns sagen, wie viel sie wert ist?"

„Der Einbrecher hat wahrscheinlich auch die sonst beiliegende Aufstellung mitgenommen."

„Laut der Zeugenaussage waren es lauter Philharmoniker Goldmünzen", Jürgen lässt die Vorfälle der letzten Woche im Geiste Revue passieren. „Max hat doch am Samstag welche beschlagnahmt? Holt den Dieb her."

Jürgen kommt wieder ins Landeskriminalamt zurück. Max hat Astrids Befragung beendet. „Außer unflätige Bezeichnungen über Schranz kam von ihr kaum etwas Neues. Zumindest nichts was uns hilft."

„Wie schaut es mit ihrem Alibi aus?"

„Ihr jüngerer Sohn und eine Nachbarin bestätigen, dass sie an diesem Mittwoch in Wördern war."

„Gut befragen wir auch Herrn Klemper. Ich nehme an Doktor Melzer vertritt ihn."

„Ja, die Beiden sitzen im Verhörraum."

„Herr Klemper nur ganz kurz, haben Sie ein Alibi?"

„Nur mich, was Sie kaum befriedigt. Wir hatten an diesem Tag einen Ausflug in die Wachau gemacht. Frühlingsblüten gesucht, die können nicht aussagen", Melzer schaut Jürgen gespannt an.

„Was machen Sie mit dem Haus in Tulln?"

„Warum? Ist das für die Ermittlung wichtig?", Melzer geht in die Abwehrstellung.

„Nein, ich bin nur neugierig. Was macht man mit so einem Erbe? Sie beschäftigen sich doch nicht mit Vermietungen, oder?"

„Nein, Sie haben es erraten. Ich werde so schnell als möglich die Hütte verhökern", antwortet Klemper selbst.

„Danke, das ist für heute alles."

„Warum musste ich solange warten? Haben mich die anderen in die Pfanne gehaut?", mault Ludwig.

Karlheinz erklärt es ihm. „Entschuldige, aber ich darf dich nicht befragen. Wir kennen uns zu gut, das gilt als befangen. Komm trink noch einen Kaffee."

„Euer Kaffee! Wenn ich sowas serviere, werde ich fristlos entlassen."

„Sie kommen sofort dran", Jürgen fasst ihn freundschaftlich an der Schulter. „Wir suchen noch Ihr Erbe, diese Münzen. Der Tresor wurde geplündert."

„Oh, meine schönen Münzen. Jetzt kann ich nichts mehr in die Vitrine legen", jammert gekünstelt Ludwig auf.

„Wo waren Sie am Mittwoch den achtundzwanzigsten März?"

„Mittwoch, ausgerechnet Mittwoch? Da habe ich meinen freien Tag. In irgendeinem Darkroom. Hoffentlich hat mich da keiner gesehen, denn Justus bringt mich um."

Jürgen findet es lustig, da will einer, dass sein Alibi nicht bestätigt wird. „Jetzt muss ich Sie festnehmen. Sie haben kein Alibi und Sie konnten es nicht erwarten zu erben."

„Aber mein Erbe ist doch weg", haucht Ludwig erstaunt und eingeschüchtert.

„Tja, Sie konnten nicht einmal die Abwicklung abwarten und haben in Ihrer Gier den Tresor aufgeschweißt. Gestehen Sie! Wo sind die Münzen?"

Ludwig staunt mit offenem Mund. Da bemerkt er wie sich Karlheinz auf die Zunge beißt, um nicht loszulachen.

Ludwig gesteht mit gesenktem Kopf: „Ich habe alle fünf am Mexikoplatz verkauft."

„Das genügt mir, auf Wiedersehen", Jürgen verzichtet auf ein Protokoll.

Gerlinde schreit auf, „die Fingerabdrücke auf den Gläsern und der Flasche sind von Ferdinand Zawadil. Er war doch in der Wohnung."

Karlheinz und Jürgen blicken sich vielsagend an. „Wie schafft man es von Rumänien nach Wien in ein paar Stunden? Das verstehe ich noch nicht", murmelt Jürgen. „Der Kerl muss uns einiges erklären. Hole ihn und nimm ihn fest", meint er zu Karlheinz.

„Max sollte das machen", wirft Gerlinde ein.

„Ja, natürlich. Immer diese Freunderlwirtschaft."

„Es sind nicht meine Freunde", rechtfertigt sich Karlheinz. Er ist trotzdem froh wenn Max die Festnahme macht.

Jürgen knurrt zufrieden. „Nun können wir uns das Gespräch mit dem Dieb der Goldmünzen sparen. Die verschwundenen Münzen finden wir wahrscheinlich in Neustift."

„Oder bei Ferdinand. Er wohnt im zweiundzwanzigsten Bezirk an der Donau. Ich besorge den Durchsuchungsbeschluss", bietet Karlheinz vorsichtig an.

„Gut mach das", erlaubt Jürgen.

Max fährt raus zum Weinschlösschen nach Neustift. Er trifft eine größere Herrenrunde an. Die feiert ausgelassen. Melzer stürzt kaum dass er Max sieht zur Tür. „Was wollen Sie? Es ist doch alles geklärt."

„Nicht ganz. Am Tatort befindet sich auf dem Weinglas am Fensterbrett Zawadils Fingerabdruck."

„Das gibt es nicht. Der Junge war in Rumänien. Das kann er beweisen", faucht Melzer. Für Max wirkt er verunsichert. „Ich hole ihn trotzdem her. Gehen wir nach nebenan."

Max schüttelt den Kopf. „Ich soll ihn ins Landeskriminalamt bringen."

„Gut aber ich komme mit."

Jürgen gibt Melzer diesmal nicht die Hand. Er ist überzeugt, dass dieser Anwalt mehr weiß und ihn zum Narren hält. Es ist wie damals, als Melzer Jürgen wegen der Stricher Honorare auslachte. „Nehmen Sie Platz. Die Antwort aus Rumänien wird dauern. Wir werden für Herrn Zawadil Untersuchungshaft beantragen."

Staatsanwalt Moser, der Jürgen beim Verhör unterstützt nickt zustimmend.

„Ich war wirklich dort. Das Personal wird es bestätigen", jammert Ferdinand.

„Im Amtshilfeverfahren wird das Personal hoffentlich bald von der rumänischen Polizei befragt. Man wird sehen, was raus kommt", grunzt Jürgen ungehalten. „Tatsache ist, dass Ihre Fingerabdrücke überall in der Wohnung und auch auf den Gläsern und der Flasche am Tatort drauf sind."

„Dass seine Abdrücke überall in der Wohnung sind, ist doch klar", Melzer wendet sich an Staatsanwalt Moser. „Es ist nichts Neues. Wir mussten schon einmal die Schikanen des Herrn Majors ertragen. Ständig lässt er Herrn Zawadil zu Verhören holen und in Haft nehmen. Vor Monaten hat sich, ebenfalls alles als Haltlos herausgestellt."

Moser ist verunsichert. Dass er sich damals blamiert hatte, ist ihm noch im Gedächtnis, doch diese Fingerabdrücke sind ein unwiderlegbarer Beweis. „Besteht Fluchtgefahr?"

„Möglich", grunzt Jürgen.

„Wer sagt denn, dass die Gläser nicht tagelang bei Adi herum standen?" Melzer bezweifelt Jürgens Beweise.

„Bei der peniblen Ordnung des Toten?" Jürgen steht auf, geht zur Türe und murmelt, „ich hole den Obduktionsbefund, ob dort steht was Schranz im Magen hatte."

Moser nützt seine Abwesenheit, „Sie können Ihren Mandanten mitnehmen. Gerade findet auch eine Durchsuchung in Herrn Zawadils Wohnung statt. Verstehen Sie mich aber, wir müssen weiter in diese Richtung ermitteln."

„Was suchen Sie in der Wohnung?", empört sich Melzer. „Na, vielleicht klärt es sich sowieso gleich auf", grinst er zum Schluss.

Ferdinand schaut ihn hoffnungsvoll an. Er hat panische Angst vorm Gefängnis. „Ich habe nichts getan und auch nichts gestohlen."

Jürgen kommt zurück. „Es steht nur etwas von Nudeln und Faschierten, wahrscheinlich hat er Pasta asciutta gegessen. Vom Getränk steht nichts."

„Das bedeutet im Allgemeinen, dass es nichts außer Wasser war. Aber fragen Sie nochmals nach. Für Heute kann Herr Zawadil gehen." Moser beendet das Gespräch.

Jürgen kehrt mit düsterer Miene ins Büro zurück. Gerlinde ist bester Laune. Sie hat von Roland einen Anruf bekommen. Er hat sie nochmals an das schöne Wochenende erinnert. Seine Eltern sind von Gerlinde begeistert. Die Schwester Kathi lässt grüßen.

„Max hat am Samstag einen Einbrecher gefasst. Die Beute ist sichergestellt. Nur wem er sie gestohlen hat, verrät der Mann nicht. Befragen wir ihn doch."

„Wieso?", Jürgen hatte bereits an die Münzen gedacht. Doch den Bericht da er nicht zuständig ist, nur oberflächlich gelesen. Er glaubt auch nicht dass dieser Fall mit dem Mord zu tun hat. „Hat Max nicht eine Frau her gebracht? Was sollte die mit Schranz zu tun haben?"

„Ja, es ist die Mutter. Der Einbrecher ist der Sohn, dem hat es wieder die Mutter gestohlen."

„Eine interessante Familie."

„Es sind zweihundertvierunddreißig Goldmünzen", erwähnt Gerlinde.

„Glaubst du auch das es sich um unsere Münzensammlung handelt?" Jürgen schüttelt seinen Kopf. „Das wäre verrückt. Seine Fingerabdrücke haben wir, seine DNA, wenn nötig, sollen sie ihm ebenfalls abnehmen."

„Ich habe schon um den Vergleich des Diebes mit den Spuren in der Wohnung gebeten", grinst ihn Gerlinde an. „Karlheinz hat in Zawadils Wohnung nichts gefunden."

„Warten wir noch auf das was uns der Einbrecher erzählt, dann erst durchsuchen wir das Weinschlösschen in Neustift."

Am Nachmittag kommt das Ergebnis. Es gibt vom Arnim Thorwald einen Fingerabdruck an der Tresortüre innen und zwei weitere auf der Rückseite des Kühlschranks. „Her mit ihm", Jürgen tanzt vor Freude. Wieder einmal hat Kommissar Zufall zugeschlagen.

Jürgen geht kampfbereit zu Claudius ins Büro. „Wie kommt es, dass die Spurensicherung einen Tresor übersieht"

Claudius schaut mit verkniffenem Mund Jürgen traurig an. „Wir haben einen neuen Mitarbeiter. Der hat die Leitung der Abteilung übernommen", murmelt er fast unhörbar.

„Ein neuer Abteilungsleiter, ich weiß. Was hat das mit der schlampigen Durchsuchung eines Tatortes zu tun?"

„Bitte beruhige dich. Es gibt da ein kleines Problem."

Jürgen schaut zweifelnd seinen ehemaligen Freund an. „Was ist denn los mit dir? Probleme, sowas kennst du doch normal nicht."

„Seit mich Gerlinde verlies, ist für mich alles so trist und kompliziert."

„Verstehe ich nicht. Wie auch immer, hätten wir den Tresor gleich gefunden wäre uns viel Arbeit erspart geblieben. Ich bin froh, dass ich den Hauptverdächtigen nicht dem Haftrichter vorstellte."

„Ich auch. Lass es bitte dabei."

Jürgen schüttelt nur den Kopf und verlässt den Brigadier.

Max muss Thorwald bei den Eltern abholen. Er und seine Mutter wurden, wegen des Diebstahls der Goldmünzen, auf freiem Fuß angezeigt.

Die Mutter kreischt, „erst nehmt ihr uns unser Geld weg und nun holt ihr noch meinen Buben."

Der Vater lallt, wieder alkoholisiert, Unverständliches.

„Rufen Sie seinen Anwalt an. Er soll ins Landeskriminalamt kommen." Max kennt die Art Menschen. Obwohl sie sich gegenseitig beklauen, sind sie sobald ein Polizist auftaucht, ein Herz und eine Seele.

„Sie waren in der Wohnung von Adolf Schranz. Was haben Sie dort gemacht?" Max beginnt, nachdem er die üblichen Daten aufgenommen hat.

„Ich kenne ja keinen Adolf", Arnim lehnt sich selbstsicher zurück. Überheblich grinst er die zwei Polizisten an.

Sein Verteidiger, der ihn schon bei früheren Anklagen vertrat, setzt nach. „Weshalb ist Herr Thorwald hier? Dass er die Münzen unrechtmäßig besitzt, gibt er zu."

„Ja, aber wem hat er sie gestohlen?", lauert Max. „Aus der Wohnung von Herrn Schranz wurden zur gleichen Zeit einige Philharmoniker Goldmünzen gestohlen. Dabei ist aber der Besitzer zu Tode gekommen."

„Die Goldmünzen hab ich niemanden gestohlen. Die lagen auf einer Parkbank herum. Das habe ich schon den anderen Bullen erzählt."

„Die Münzen werden untersucht. Sobald sich Spuren von Schranz darauf befinden, sitzen Sie wegen vorsätzlichem Mord."

„Herr Schranz kann ja früher im Besitz der Münzen gewesen sein. Deswegen ist Herr Thorwald kein Mörder." Der Anwalt ist überzeugt, zwischen dem Mord und dem Diebstahl gibt es keinen Zusammenhang.

„Sie waren in der Wohnung, das ist beweisbar. Behaupten sie noch immer Schranz nicht zu kennen." Max wendet sich direkt an Arnim.

„Welcher Wohnung?", raunt er gedehnt.

Max kennt das Verhalten alter Knastbrüder. Der Bursche ist trotz seiner 18 Jahre bereits einer. Max findet es traurig, denn Arnim wird nie wieder in die Gesellschaft zurückfinden. „Die Wohnung in Meidling mit Adolfs Modellanlage."

„Ach so, beim dicken Adi. Ja bei dem war ich. Habe mir von ihm Geld geben lassen."

„Wofür?"

„Na so halt, für nichts. Der Alte hat es doch."

„Und deshalb haben Sie bei ihm eingebrochen?"

„Nein, ich bin nirgends eingebrochen. Der dicke Adi hat mich reingelassen."

„Na also. Bei ihm in der Wohnung waren Sie. Was geschah weiter?"

„Nichts weiter. Da war nichts wir haben nur miteinander geredet", hilfesuchend schaut er nun zu seinem Anwalt. Seine forsche Haltung ist verschwunden.

„Ich will mit Herrn Thorwald unter vier Augen sprechen", meint Thorwalds Anwalt.

Nach der Besprechung gesteht Arnim Thorwald. „Im Jugend-
knast war uns fad. Jeder hat etwas Gescheites gewusst und
damit vor den Anderen angegeben."

„Was hat das mit Schranz zu tun?" Jürgen befragt Arnim.

Arnim hat eine lange Liste von Vergehen zusammen gebracht.
Mit 12 wurde er von einer Schule verwiesen, Diebstahl. Mit
14 war er an einem Einbruch beteiligt. Dann einige weitere
Diebstähle und schließlich ein Raubüberfall. Für den hat er ein
Jahr unbedingt bekommen.

„James, mein Zellenkumpel hat von seinem reichen Onkel
Adolf gefaselt. Schließlich hat er mir den getarnten Tresor
verraten. Vom Inhalt wollte er nur ein Drittel für den Tipp."

„Leichtsinnig. Für Mord wird es diesmal eine saftige Strafe
geben." Jürgen versteht oft nicht, was die Kriminellen antreibt.
Es schaut doch nur nach leicht verdientem Geld aus, ist aber
meist das Gegenteil. Ein schneller Weg in den Knast. Eine
Kariere, die ganz unten endet.

„Wieso? Mich kennt doch keiner. Der Mörder bin ich nicht.
Den müsst ihr unter Adis Erben suchen."

„Wenn er Sie reingelassen hatte, hatte er auch zugeschaut als
Sie den Tresor aufschweißten?" Jürgen grinst hämisch da das
Märchen so durchsichtig ist.

„Das hab ich nicht. Der Tresor war bereits offen."

„Die Fingerabdrücke beweisen das Gegenteil."

„Blödsinn, wenn ich es mache, trage ich immer Handschuhe."

„Das war eine Fangfrage, das ist nicht erlaubt", mischt sich
der Anwalt hastig ein.

„Wir haben aber den Fingerabdruck und zwar vom Tresor
innen", grinst ihn Max an.

Auf dem zweifelnden Blick, den sowohl der Anwalt als auch
Max Arnim zuwirft, murmelt der, „die verdammte Kassette.
Wegen des kleinen Zapfen, mit dem sie aufgeht, habe ich den
einen Handschuh ganz kurz ausgezogen."

„Na also, wo war Adi? Tot bei seiner Anlage?"

„Nein, ich habe ihn nicht umgebracht. Er war bereits tot, als
ich kam."

„Wie sind Sie rein gekommen?"

„James erzählte mir, dass er bei sich zuhause einen Schlüssel zu Adis Wohnung hat."

„Dann waren Sie auch in Wördern?"

„Klar die liebe Mama hat noch zu mir gemeint, erwürg die Sau. Ich habe ihm aber nichts getan."

„Das werden wir überprüfen." Max lässt ihn abführen.

Gerlinde bekommt überraschend schnell Zawadils Daten von dem Rumänienaufenthalt. Er ist nicht am Mittwoch, sondern erst am Donnerstag im Hotel angekommen.

„Ha, das Bürschchen", jault Jürgen auf, als ihm Gerlinde den Bericht auf den Tisch legt.

Gerlinde bietet sich an: „Soll ich ihn diesmal holen? Dann hat ihn jeder von uns einmal festgenommen."

„Dieser Doktor Melzer ist für mich ein Angstgegner. Ich sehe schon, wie er uns wieder höhnt."

„Ich kann auch Doktor Schreiner bitten, die Verteidigung zu übernehmen", kichert Gerlinde.

„Nein!", erst laut. „Dann wäre er doch unschuldig", nun schmunzelnd Jürgen. „Ich rufe einfach diesen Melzer an und bitte ihn mit Zawadil her zu kommen."

„Heute noch?"

„Ja."

Es dauert nicht lange und Melzer ist mit seinem Schützling im Landeskriminalamt. „Sind Sie in mich oder Ferdinand verliebt, dass Sie uns ständig herholen?"

„Leider ist es nicht Liebe. Das Alibi stimmt nicht. Der Fingerabdruck ist auf Glas und Flasche. Das Mordopfer lässt nichts herumstehen. Ich verlange diesmal die Wahrheit." Jürgen spuckt die Sätze, wie aus einem Maschinengewehr, aus.

„Ich war's nicht", wimmert Ferdinand. „Ich war bei ihm und wir haben mitsammen ein Glas Wein getrunken. Er hat mir von einer rumänischen Nebenbahn erzählt die ich mir ansehen soll und von der ich ihm Fotos mitbringen soll. Anschließend bin ich nach Rumänien runter gefahren."

„Was soll ich tun?" Jürgen schaut Melzer an. „Die Fakten sind klar und eindeutig. Die bisherigen Lügen Ferdinands auch. Was schlagen Sie vor?"

Melzer ist verwirrt, da fragt ihn der Beamte, was er tun soll.

„Ferdinand, wenn du es warst gestehe es. Ich werde kämpfen damit es nur halb so schlimm wird."

„Ich war´s nicht", Ferdinand ist ganz in sich hinein gesunken. Ein Häufchen Verzweiflung. „Als ich weg bin, ist so ein schlaksiger Kerl die Stiege hinauf. Ich weiß nicht, wer er ist. Ich habe ihn vorher noch nie gesehen."

„Arnim Thorwald, er behauptet das Adi bereits als Leiche neben dem Tisch lag als er in die Wohnung ist."

„Das ist aber Aussage, gegen Aussage", jauchzt Melzer. Er sieht wieder einen Lichtstreifen.

„Er hat den Einbruch gestanden. Es ging ihm um die Goldmünzen. Von Andis Tod profitiert er nicht."

„Ich habe im Akt gelesen, dass es keine Einbruchsspuren gibt", höhnt Melzer, jetzt ist er in seinem Element.

„Arnim sagt, er hat den Schlüssel von James Schranz Mutter bekommen."

„Schranz? Erbt der nicht auch?"

„Er nicht, aber seine Mutter", gibt Jürgen zu. Ihm schwant, dass noch eine Menge Beweise fehlen. „Es tut mir leid Herr doktor aber diesmal nehmen wir Ferdinand fest und führen ihn morgen Früh dem Haftrichter vor."

Der leise weinende Junge wird abgeführt.

„Ich hätte es mir denken können. Sie suchen bewusst nur bei uns", faucht Melzer als er abzieht.

„Lass uns heute Abschließen. Ich muss erst einmal darüber schlafen", meint Jürgen zu Gerlinde.

„Wir haben zwei Mörder. Einer von den Zweien war´s sicher. Nur welcher?" Gerlinde ist seiner Meinung.

Gerlinde ist froh heim zu kommen. Roland steht bereits mit einem Strauß Tulpen im Stiegenhaus. „Endlich, ich dachte, du machst um sechs Schluss?"

„Deine Information von Ferdinands Drohung hat uns nun zwei Verdächtige beschert. Ich hoffe, wir bekommen morgen von einem der Zwei ein Geständnis."

„Was machst du, wenn alle zwei gestehen?", lacht Roland.

„Dann hängen wir natürlich beide auf und dich als Zeugen dazu." Gerlinde ist nicht zum Lachen zumute.

„Dir traue ich es glatt zu. Lass uns endlich reingehen. Gib die Blumen in eine Vase, damit wir runter ins Beisel zum Essen können."

„Du denkst immer nur ans Essen."

„Vorher essen. Danach kommt erst das woran ich denke", lacht Roland.

„Ach ja, da ist ja noch was", nun lächelt Gerlinde auch.

6 Dienstag

Die Morgenkonferenz verläuft in gedämpfter Stimmung. Nach dem Austausch der letzten Fakten meint Max, „Der Thorwald behauptet, er hat bei Frau Schranz einen Schlüssel abgeholt. Fragen wir sie?"

„Ich fahre raus und löchre sie", bietet sich Karlheinz an. Er fürchtet, das Jürgen ihn zu Klemper schickt.

„Verhören wir doch James im Gefängnis. Er weiß nicht was wir wissen und vielleicht verplappert er sich", schlägt Gerlinde vor.

„Danke Kollegen."

Jürgen sucht mit Max, James Schranz im Gefängnis auf. die Genehmigung hat Staatsanwalt Moser beschafft.

„Es geht um einen Auftragsmord an Adolf Schranz, Ihrem Onkel. Herr Thorwald behauptet, Sie haben ihm den Tipp über die Goldmünzen gegeben."

Jürgen ist überrascht. James gesteht sofort. „Mutter ist jedes Mal ausgerastet, wenn von ihrem Onkel Adolf die Rede war. Da habe ich sie einmal gefragt, ob wir Onkel Adi beerben werden."

„Was sagte Sie?" Max der das Gespräch mit James führt, kennt die Reaktion von Astrid Schranz.

„Sie hat nur geknurrt und gefaucht. Von dem gibt es nichts. Deshalb habe ich mich bei ihm in Wien eingeschleimt. Die Sau wollte dauernd mit mir schmusen."

„Ihre Mutter erbt aber zwei Häuser in Wördern, das wussten Sie doch?"

„Nach längerem ekligen Küssen versprach mir Adi, das Mutter die Häuser erben wird."

„Ach und da hat er sein Todesurteil gesprochen?"

„Ach, wo, was habe ich denn davon. Wenn Mutter die Häuser bekommt, wird sie alles versilbern und verjubeln. Ich kenne die Alte doch."

„Und warum dann der Auftrag an Thorwald?"

„Ich habe mitbekommen, wo Adi sein Gold aufbewahrt. Stolz war er ja darauf. Er hat ständig damit geprahlt. Darüber habe ich mit Arnim gesprochen. Ich sag ihm wo die Goldmünzen sind und er soll den Bruch machen. Danach wenn ich raus komm, machen wir halbe, halbe."

„Er sagt aber Sie bekommen nur ein Drittel."

„Der verlogene Hund. Er soll sich nur nicht spielen, wenn ich raus komm dann…"

„Die Münzen haben wir bereits sichergestellt und dem Erben übergeben", grinst Jürgen schadenfroh.

James presst ärgerlich seine Lippen zusammen. Man merkt, wie er innerlich kocht. „Wie habt ihr ihn den erwischt?"

„Er hat einen Fingerabdruck hinterlassen. Sie gehen leer aus, da Ihre Mutter jetzt erbt."

„Hi, hi, nicht alles. Ich habe ihr einen Schrieb abgeluchst. Sie hat mir bestätigt, dass ich die Hälfte von allem was sie erbt, bekomme."

„Das hat sie so gemacht?"

„Klar, erst habe ich sie auf die Palme gebracht und dann den Zettel hingelegt. -Unterschreib halt, wennst so sicher bist, dass du eh nichts bekommst- höhnte ich. Da gibt es nichts, hat sie gebrüllt und unterschrieben."

„Das war doch vor einem halben Jahr?"

„Sicher, jetzt wo ich im Häfen bin, habe ich ein spitzen Alibi. Mein Kumpel war gierig darauf einen abzustechen. Ihm habe ich den versteckten Tresor verraten."

„Also kommt der Mordauftrag doch von Ihnen?"

„Ja, was soll es, wenn der Trottel alles zugibt."

Max strahlt, Pospischil ist glücklich. Er ruft gleich aus dem Gefängnis Gerlinde an, „lasst Ferdinand raus, es war doch Arnim."

„Jetzt brauche ich nur noch das Geständnis von Arnim."

„Das haben wir sicher. Mit der Aussage von Schranz kann er nicht mehr aus", bestätigt Max.

Im Landeskriminalamt lässt Jürgen Arnim vorführen. Noch sitzt Arnim selbstzufrieden neben seinem Anwalt.

„Was wollt ihr von mir?", gibt er vorlaut von sich.

„Mein Mandant hat den Einbruch gestanden. Deswegen ist er auf freien Fuß angezeigt. Mit dem Mord hat er nichts zu tun. Ich werde mit ihm hier raus gehen. Oder haben Sie Beweise gefunden die eine Festnahme rechtfertigen?"

Karlheinz stört. „Ich habe Frau Schranz befragt. Sie kennt Arnim Thorwald nicht und behauptet, er war nie bei ihr."

„Ihr Kumpel gibt ebenfalls den Auftrag zu." Moser sagt nicht welchen Auftrag.

„Na ja, Pech gehabt. Ich wollte dem Alten eh nichts tun. Die ganze Zeit hat er an mir herumgegrapscht und geküsst. Ich habe nicht gewusst wie ich ihn loswerde. Wie er da unter die Anlage kriecht, habe ich mir gedacht, warum nicht?"

„Woher war der Schraubenzieher?"

„Der lag auf dem Fensterbrett, neben der Weinflasche."

„Von vorne bitte. Also im Gefängnis habt ihr beschlossen, Herrn Schranz zu töten?"

„Da ich drei Monate vor James raus bin war das doch eine gute Gelegenheit. Ich wollte James dem Tepp eh nichts aus dem Tresor geben. Der erbt doch sowieso eine Menge."

„Sie sind kaum raus und gleich zu Schranz gefahren?"

„Ja, ich bin zu ihm gefahren und habe ihm Grüße von James gebracht."

„War er nicht misstrauisch?"

„I, wo. Der Affe hat mir ein Küsschen gegeben und mich rein gebeten. Wie wir so plaudern, hat er mir auch diese Anlage gezeigt."

„Ihr habt also Wein getrunken und Adi ist unter den Tisch gekrochen?"

„Nein, den Wein hat er vor mir, mit jemand anders getrunken. Mir hat er nichts angeboten. Er wollte von mir nur wissen, was ich machen werde. Er suchte für seine Häuser einen billigen Hauswart."

„Das wäre doch ein günstiger Job?"

„I, wo, ohne Anmeldung, alles schwarz. Eben ganz billig. Ständig hat er mich beleidigt und runter gemacht. Primitiver Knacki war noch das Feinste."

„Verstehe, also nicht nur der Auftrag, auch die Wut hat zum Mord geführt."

„Es war nur Totschlag und nicht Mord", mischt sich nun der Anwalt ein.

„Das entscheidet das Gericht", frohlockt Jürgen. „Gut dass der Auftraggeber bereits sitzt."

„Der kommt nächste Woche auch raus", grunzt Arnim.

„Das sicher nicht", lacht Moser der zum letzten Verhör kam. Endlich ist klar, wen er anklagen kann.

Danach

Karlheinz ist verzweifelt. Wie kann er die Gruppe in Neustift versöhnen? Schon zum zweiten Mal wurden sie zu Unrecht verdächtigt.

Auch Marcus schmollt. „Jetzt sind die profitablen Kunden wieder weg. Du mit deinen Mördern."

„Ich werde Ferdinand ein Geschenk machen. Nur was soll ich ihm schenken? Eine Flasche Wein geht wohl nicht."

„Ich habe einen Porsche 911 GT3 im Maßstab eins zu dreiundvierzig gesehen. Das kauf ihm."

Sie fahren gemeinsam am Samstagabend in Marcus Porsche vor. Kaum steht der Wagen steht auch schon Melzer, diesmal in einem tiefschwarzen Anzug vor der Türe.

„Jetzt mach dich auf was gefasst", höhnt Marcus. „Lass mich vorgehen."

Marcus geht voraus. Karlheinz mit dem Modellauto drei Schritte hinter ihm.

„Die Bank liebe und begrüße ich. Die Polizei ist mir weniger willkommen."

„Dabei sind wir heute beide privat hier", bremst Marcus ihn ein. „Karlheinz will sich bei Ferdinand entschuldigen. Er hat ihn ja auch nicht festgenommen."

Ein tiefer Seufzer entringt sich Melzer. „Kommt rein. Warnt mich aber künftig, wenn wieder eine Leiche gefunden wird. Dann beauftragen wir einen Detektiv der den Mörder sucht, bevor Karlheinz wieder einen von uns verhaftet."

Karlheinz ist zur Türe gekommen. „Ist Ferdinand da?"

„Ja, er wartet auf dich. Er will dich ordentlich beschimpfen."

Melzer ist überraschender Weise freundlicher als Karlheinz es erwartet hatte.

Drinnen im Salon dauert es etwas, bis Ferdinand auftaucht. Als ihm Karlheinz das Auto übergibt, strahlt er über das ganze Gesicht. „Künftig musst du mir für jeden Tag, den ich sitzen werde ein Modellauto schenken."

Arnold, der die Gläser mit Wein füllt, ist zufrieden. „Marcus, ich will schon länger mit unseren Konten zu dir kommen. Es ist besser, wenn man bei gewissen Dingen nicht um den Brei herum reden muss."

Karlheinz stutzt. „Was für gewisse Dinge?"

„Hör auf, ständig Polizist zu sein. Bei einem Kredit wollte der Bankberater letztens genaue Baupläne. Ich sollte die Räume, Tanga, Whirlpools und so weiter erklären. Manche Details waren eben peinlich. Da habe ich zusammengepackt und bin gegangen."

Marcus leckt sich die Lippen. „Mir kannst du sie erklären. Karlheinz gehen die Schweinereien nichts an."

Ferdinand meint etwas später, „Marcus ich möchte in meiner Wohnung bleiben."

„Brauchst du einen Kredit um die Miete zu bezahlen?"

„Nein, ich habe ein paar Häuser geerbt. Glaubst du die Schmidt der das Haus in dem ich wohne gehört, tauscht mit mir eventuell?"

„Verstehe, das Haus, in dem du wohnst, gegen eines deiner Häuser. Ich kann mit ihr reden. Wenn sie einen Gewinn macht, tut sie es sicher. Ich kenne meine Kunden", lacht Marcus.

Melzer plustert sich auf. „Eine blöde Idee. Eines von Adis Häusern liegt so fantastisch im Zentrum. Wenn sich der Junge dort neu einrichtet, ist er wesentlich besser dran."

„Ich will nicht umziehen", schmollt Ferdinand.

Karlheinz wundert sich immer wieder wie kindisch der 23-Jährige ist.

„Lass dir Zeit ich rede mit Frau Dorothea Schmidt. Was macht eigentlich ihr Sohn Johann?"

Arnold ist auf dem Laufenden. „Der hat mit seinem Freund Heinz einen Buchladen aufgemacht. Die Werkstätte Schmidt wurde geschlossen."

Karlheinz meint verstimmt, „ja Johann ist, wie auch andere, ungeschoren geblieben. Dabei gab es mehrere Diebstähle und Einbrüche. Autos wurden in den Osten verschoben."

Marcus legt Karlheinz grinsend die Hand auf die Schulter. „Vorsicht du verscherzt es dir gleich wieder mit Ferdinand."

„Ich habe wirklich nicht gewusst, dass dieser Smirzka stiehlt. Die Motorräder habe ich legal von ihm gekauft. Der Bernd hat behauptet, er hat sie vom Importeur." Es fehlt nicht viel und Ferdinand schmeißt das Modellauto auf Karlheinz.

„Verzeih, ich meine auch nicht dich. Smirzka hat, wie ich hörte, nur vier Monate gesessen und den Rest als bedingte Strafe bekommen. Mich wurmt es eben."

„Genug von diesen alten Geschichten", beendet Arnold die Diskussion.

Es wird noch ein vergnügter Abend, da später auch noch andre Gäste eintreffen.

Zeitfracht Medien GmbH
Ferdinand-Jühlke-Straße 7
99095 Erfurt, Deutschland
produktsicherheit@kolibri360.de